Lena Christ:
Madam Bäurin
Roman

Deutscher
Taschenbuch
Verlag

dtv

Von Lena Christ
sind im Deutschen Taschenbuch Verlag erschienen:
Lausdirndlgeschichten (2577)
Erinnerungen einer Überflüssigen (10811)
Die Rumplhanni (10904)
Mathias Bichler (11035)

Ungekürzte Ausgabe
1. Auflage Juli 1989
Deutscher Taschenbuch Verlag GmbH & Co. KG,
München

›Madam Bäurin‹ wurde entnommen aus:
Lena Christ, ›Gesammelte Werke‹,
8. Auflage München 1984 · ISBN 3-7991-5692-1
Umschlaggestaltung: Celestino Piatti unter Verwendung
des Gemäldes ›Bildnis Anna Auer‹ von Louis Eysen
(Museo di Merano, Meran)
Gesamtherstellung: C. H. Beck'sche Buchdruckerei,
Nördlingen
Printed in Germany · ISBN 3-423-11089-9
1 2 3 4 5 6 · 94 93 92 91 90 89

Das Buch

Die hübsche und energische Rosalie Scheuflein hat ganz andere Vorstellungen vom Glück als ihre Mutter, eine verwitwete Rechtsrätin und Tochter eines adeligen Majors. Aber die Familie muß von einer recht kärglichen Pension leben, und so scheint die Verlobung mit dem vermögenden Assessor von Rödern unausweichlich. Bevor es ernst wird, fährt man noch einmal in die Sommerfrische zum Schiermoserbauern aufs Land. Dort wird man zwar von der Bäuerin nicht gerade mit offenen Armen empfangen, weil sie die Stadtleut' lästig findet und nur wegen dem Geld aufnimmt, aber Franz, der junge Bauer, ist durchaus erfreut über den Besuch, und Rosalie hilft auf dem Hof, als ob sie nie etwas anderes getan hätte. Was sich zwischen den beiden anbahnt, stößt erst einmal rings herum auf Ablehnung. Für die Rechtsrätin ist der Gedanke, daß ihre Tochter einen Bauern heiratet, unerträglich, und die Schiermoserin gerät außer sich. Es dauert eine Zeit, bis sie merkt, daß mit dieser Verbindung das Glück nicht etwa den Hof verlassen hat, sondern erst so richtig seßhaft darin geworden ist.

Die Autorin

Lena Christ, geboren am 30. Oktober 1881 in Glonn/Obb., wuchs bei ihren Großeltern mütterlicherseits auf. 1888 holte sie die inzwischen verheiratete Mutter nach München. 1901 heiratete Lena Christ den Buchhalter Anton Leix. 1909 trennte sie sich von ihrem trunksüchtigen Mann und verdiente sich ihren Lebensunterhalt mit Schreibarbeiten. 1912 heiratete sie den Schriftsteller Peter Benedix. Am 30. Juni 1920 beging sie Selbstmord. Werke u. a.: ›Erinnerungen einer Überflüssigen‹ (1912), ›Lausdirndlgeschichten‹ (1913), ›Mathias Bichler‹ (1914), ›Die Rumplhanni‹ (1916).

1

Die Geschichte hebt an um die Zeit, da unser lieber Herr bereits seine Himmelfahrt getan, den Heiligen Geist gesandt und das Heu auf den Wiesen gut und dürr genug gemacht hat zum Heimfahren.

Um diese Zeit haben die Weibsleute draußen auf dem Lande gemeiniglich ihre großen Wasch- und Putztage; denn nach altem Brauch und Herkommen räumt man noch vor Beginn der großen Ernte mit dem ganzen rußigen Nachlaß des Winters gründlich auf. Da weißelt und tüncht man Stuben und Kammern, Kuchel und Speis, Hausflöz und Stall, verschönt den ganzen Bauernhof und putzt ihn säuberlich heraus, auf daß der Segen Gottes um so lieber Einkehr darin halten möcht.

Und die Vorhänge und Polsterziechen, das Linnen und Bettzeug wird gewaschen und gebleicht, damit es wieder frisch und sauber ist und seine Schuldigkeit tut so lange, bis die Bäuerin das Kirchweihmehl in die Truhe siebt und das Schmalz ausgängt und siedet für Krapfen und Küchl.

Beim Schiermoser zu Berganger aber haben sie heut noch einen besonderen Grund zu solcher Stöberei und Arbeit: Ihre langjährige Sommerfrischlerin, die verwitwete Frau Rechtsrätin Scheuflein, hat für die nächsten Tage ihre Ankunft gemeldet.

Nun sind ja im allgemeinen die Stadtleut keine absonderlich willkommenen Gäste auf dem Land. Aber so im besonderen macht doch manche Bäuerin eine Ausnahme und läßt ein paar von den Städtischen in ihren üppigen Flaumbetten schlafen. Freilich nur gegen gutes Entgelt. Denn umsonst ist der Tod, und der kostet das Leben. Und wenn sie auch darüber brummt, daß ihr die »verhungerten Stadterer den Schmalzhafen, die Mehltruhen und die Eierschüssel leer fressen«, so ist ihr das Geld, welches die Som-

mergäste bei ihr sitzen lassen, doch eine so willkommene Nebeneinnahme, daß sie willig für etliche Wochen auf ihren Groll gegen sie vergißt.
Denn der Hunger nach Profit ist bei jeder Bäuerin so groß, daß sie gern auf weiß Gott was alles verzichtet, wenn nur ihr Geldbeutel Nutzen davon hat.
Und dann ist doch auch noch die Nachbarin da; wenn die hörte, daß drüben beim Nachbarn Sommergäste abgewiesen wurden, so liefe sie ihnen sicherlich nach und böte ihnen die beste Stube des Hauses an, bloß um die andere zu ärgern! Darum schränkt man sich über Sommer ein, so gut man nur kann.
Das eheliche Schlafgemach wird zur Rumpelkammer, in der man alles aufstapelt, was sonst in den verschiedenen Kammern hing, lag und stand. Da türmen sich Pappschachteln mit Strohhüten, Pelzen, Atlaskränzen und Brautkronen; Totenkränze hängen neben Flachszöpfen und Kümmelbüscheln, Honighäfen stehen neben Schnapskrügeln und Spinnradeln, und zwischen Schüsseln mit Bienenwaben liegen Berge von Flickwäsche. Darunter aber sind die Schätze an Eiern und Schmalz verborgen, die man nicht jedem zeigen will, der ins Haus kommt.
Hat die Bäuerin Kinder, so liegen sie während dieser Zeit droben im Gret, auf dem Vorplatz neben der Stiege, immer zwei in einer mageren Betthaut. Und die alte Großmutter muß es sich auch noch gefallen lassen, daß man ihr eine zweite oder dritte Bettstelle in das Austragstüblein rückt, darin noch ein paar Söhne oder Töchter des Hauses ihre Schlafstatt einrichten.
Und dann werden die guten Stuben und Kammern gekehrt und geschrubbt, von Spinnweben gesäubert und mit Rupfenplachen belegt.
Aber nur ein paar Monate lang hält die Bäuerin dies Leben aus.

Nur während der Zeit der Ernte, da sie selber entweder viel mit ihren Leuten auf dem Felde ist oder aber den ganzen Tag in Stall und Küche werkt und den Hof versorgt, indes die andern Weizen, Korn und Grummet einernten. In diesen Tagen hat sie nicht Derweil, die Stadtleut viel zu betrachten und sich über ihr Tun zu ärgern; im Herbst aber oder gar im Frühjahr, da ist sie anders. Da kann ihr kein Sterbensmensch auf Gottes Erdboden ungelegener ins Haus kommen als so ein Stadtfrack! Und es kann kein Städter etwas Ungeschickteres tun, als sich in einem Bauernhof einzuquartieren, ehe die Erde und die Sonne ins Zeichen der Hundstage tritt.

Darum findet man auch heute die Schiermoserin greinend und brummend über den Unverstand der Stadtleut, die mitten unterm Heuen und Ausweißeln daherrumpeln, an dem endsgroßen Waschzuber stehend und eine Bettzieche um die andere reibend und schwenkend.

»Naa, naa. Wia i halt sag: lange Haar, kurzer Verstand, hoaßts. Und d' Stadtleut ham überhaupts koan, wähn i. Sinst kunntens oan net scho im Auswärts aufm Gnack hocka. Daß s' net glei scho auf Liachtmeß oder z' Weihnachtn in d' Sommerfrisch gehn! Jetz', kaam daß der Schnee weg is. Mitten unterm Heuen und Ausweißeln!« – Sie werkt und hantiert wütend weiter und kann nicht aufhören, über die Städter im allgemeinen und die Rechtsrätin Scheuflein im besonderen zu wettern.

Daneben an der Waschbank steht ihre jüngste Tochter, die Barbara, seift und bürstet grobe Hemden und singt dazu mit weinerlicher Stimme ein rührseliges Lied vom Herzverbittern und Vonmirgehn.

Und dazu schleppt eine Magd in zwei Eimern bald kaltes, bald heißes Wasser herbei und läßt geduldig ein Donnerwetter ums andre über sich ergehen, weil sie der Schiermoserin zu langsam, der Barbara aber zu schnell werkt, der einen das kalte und der anderen das heiße Wasser über die Füße gießt und endlich gar noch der alten Großmutter, die strickend und nörgelnd auf der Hausbank sitzt, den knallroten Wollknäul mit ihrem klappernden Holzschuh in eine trübe Wasserlache stößt.

Drinnen in der Wohnstube aber werkt der alte, taube Großvater, taucht den langgestielten, altmodischen Malerpinsel in die himmelblaue Kalkbrühe und streicht bedächtig Fleck um Fleck, bis zu guter Letzt die ganze Stube gleich dem sommerlichen Himmel draußen im schönsten Blau erstrahlt.

Danach trägt er seinen Farbkübel hinaus in die Kuchel, mischt ein Päcklein helles Gelb unter den blauen Kalk und beginnt sodann auch hier das Werk der Verschönerung.

Des Schiermosers zweite Tochter, die Mariedl, hantiert derweil in den fertigen Räumen frisch mit Schrubber und Besen, und der Ochsenbub zieht bedächtig rings an den getünchten Wänden mit dunkelbrauner Farbe breite Striche als Zierde und Abschluß und pfeift dazu den neuesten Gassenhauer.

So hat ein jedes im Haus seine Arbeit.

Draußen auf den Wiesen aber werkt der Schiermoser mit den Knechten und Dirnen. Die einen mähen, die andern wenden, und die dritten wiederum häufeln das trockene Heu und führen es heim.

Des Schiermosers einziger Sohn aber, der Franz, war zu Holzkirchen auf dem Viehmarkt und fährt nun gemächlich heimzu.

Langsam läßt er den Braunen über die bergige Straße hinauftraben und pfeift dazu die Melodie eines derben Landlers.

An der Wegkreuzung zwischen Straß und Au steht der Hof des Straßlerbauern.

Und hinter der Streuschupfe des Hofes steht die Nanndl,

des Straßlerbauern Tochter, und schaut auf das herankommende Fuhrwerk des Schiermoserfranzl.
Denn die Nanndl wär in ihrer Seel nicht abgeneigt, einmal Schiermoserin zu werden.
Als daher der Franzl in ihre Nähe kommt, begrüßt sie ihn mit breitem Lachen und fragt: »He du! Wo aus denn?«
»Hoamzua«, erwidert der Franzl und will weiterfahren.
Aber die Nanndl fragt weiter: »Wo kimmst denn her?«
»Vo Holzkirch. Am Viehmarkt bin i gwen.«
Nun hält er doch sein Fuhrwerk an. Denn die Nanndl wird anzüglich.
»Hast dir nachher a saubers Stuck außagschaugt?«
»Balst eppa a zwoahaxats moanst, nachher muß i naa sagn!« erwidert er ihr schmunzelnd und steigt vom Wagen. »D' Holzkirchener Kaibeln san gar net darnach, daß oana an Fiduz drauf kriagn kunnt!«
»Ja no«, meint die Nanndl, »du bist aber aa glei a so a hoaklicher! Bis dir amal epps taugt ...«
Sie lacht kokett.
Der Franzl faßt sie um die Hüften.
»Moanst, daß d' mir du net taugen tätst?« fragt er halblaut und sucht ihren Mund. Die Nanndl lacht laut und geziert auf.
»Du bist aber a Schlankl, du!«
Sie entwindet sich seinem Arm. »Ja, ja. Zum fürn Narrn Halten tät dir wohl jede taugn, gell! Aber zum Heiratn ...«
»Geh, brummel net, Dirndl!« unterbricht der Tropf ihre Betrachtung und verschließt ihr den Mund auf eine Weis', daß sie das Weiterschwatzen von selber vergißt.
Dann lacht er belustigt auf, steigt auf sein Fuhrwerk und ruft: »Zum fürn Narrn haltn hast gsagt, gell! Zu epps andern taugts aa net, ös Weiberkittel übereinand! Hüa, Alter! Fahr zu!«
Und er fährt davon, indes die Nanndl dasteht und ihm

mit einem Gemisch von Zorn und Sehnsucht nachschaut, bis er hinter den ersten Bäumen des nahen Waldes verschwunden ist.
Mit der Erkenntnis, daß alle Mannsbilder, besonders aber der Schiermoserfranzl, lose Rüpel seien, geht sie aufseufzend wieder zurück ins Haus zu ihrer Arbeit.
Der Franzl aber versetzt seinen Braunen in einen frischen Trab, rückt das Plüschhütl keck aufs linke Ohr und singt:

»Aber gell, du Blauaugete,
Gell, für di tauget i,
Gell, für di war i recht,
Wann i di möcht!«

2

Des Schiermosers Franzl ist gerade am Tage des heiligen Antonius fünfundzwanzig Jährlein alt geworden, hat außer seinem körperlichen Ebenmaß und seinem strohgelben Schnurrbart auch noch einen ebenso blonden Lockenkopf und dazu ganz dunkelblaue Augen.
Dies alles schätzen die Weiberleut der Umgegend an ihm.
Seine Kameraden aber und die Burschen der Gemeinde achten sein manniges Wesen und seine bäuerische Schlauheit, zählen auf sein gegebenes Wort und fürchten ihn in seinem Zorn. Was ihn aber besonders seinem Vater lieb und wert macht, ist seine Brauchbarkeit zu allem, was den Schiermoserhof und sein Gedeihen betrifft.
Soll ein Roß vertauscht oder eine Kuh gehandelt, ein Stadel gebaut oder Geld auf die Bank gelegt werden, der Franzl wird zuerst darüber gehört. Und hat er einmal eine Sache als gut und recht befunden, so dürfte der ganze übrige Schiermoserhof und ganz Berganger dazu dagegen

sein; es würde doch nur so gemacht, wie der Franzl meinte, und nicht anders.

Denn erstlich hatte er die drei Jahre drinnen in der Residenz bei den schweren Reitern gedient und sich dabei so ausgezeichnet, daß man ihm die goldenen Borten des Unteroffiziers auf die königsblaue Reitermontur setzte, und dann war er ein ganzes Jahr auf einem wirklichen königlichen Gutshof gewesen als Oberschweizer.

Ein naher Verwandter hatte nämlich daselbst eine Verwalterstelle, und der gute Vetter wollte nun auch dem Franzl einen Einblick in den Betrieb einer solchen Wirtschaft geben, auf daß es ihm einmal droben in seinem Schiermoserhof zu Nutz und Frommen gereichen möchte.

Also hatte Franz doch allerhand gesehen, gehört und gelernt und konnte wohl ein Wörtlein mitreden, wenn es sein mußte.

Er tat dies auch zur rechten Zeit und brachte allmählich einen ziemlich neumodischen Zug in die väterliche Wirtschaft; allerdings sehr zum Verdruß seiner Mutter, die alles, was neu oder aus der Stadt war, haßte und verwarf, und nicht minder zum Ärger seiner Großeltern, der alten Schiermoserleut, die in allem Neumodischen eine Quelle von Unkosten, Verdruß und Unbehagen sahen und viel lieber an dem Althergebrachten und Gewohnten hingen.

Aber, wie gesagt, es half nichts, daß die drei anderer Meinung waren. Franzl hatte recht, auch wenn er einmal nicht ganz recht hatte, und sein Vater, der selber schon immer ein wenig zu den modischen Bauern und ihren Maschinen hielt, stand fest auf seiten seines Sohnes.

Wie wars doch gewesen damals, als der neue Motorpflug auf den Schiermoserhof kam und die Dreschmaschine?

Natürlich, der Franz hatte das Zeug beim Herrn Vetter droben im königlichen Gutshof gesehen, und sofort hieß es: »So a Motor muaß her und so a Maschin. Da hat ma grad mehr die halbate Arbeit und dabei den doppelten Nutzen. Dees langweilige Drischeldreschen paßt mir eh scho lang nimmer. Den ganzen Winter wieder aufn Dreschbodn außegfriern! Mir waars recht!«

Wohl fuhr die Schiermoserin mit Himmel Kreuz und Laudon dazwischen und plärrte: »Nix da! So viel Geld außeschmeißen! Sinst nix mehr! Ös mit enkern neumodischen Graffel. So lang i no a offens Aug hab, werd mit der Drischel 'droschen, daß ihrs wißt! Bal i amal gstorbn bin, könnts vo mir aus mit den Dreschflegl toa, was's mögts. Und an Motorpflug! Zu was mir an Motorpflug brauchen, möcht i wissen! Für was mir an Stall voll Roß habn, möcht i wissen! . . .«

Was halfs?

Umsonst war ihr Greinen.

Der Franzl hatte geredet, und der Alte reiste sofort zum Herrn Vetter, ließ sich die Neuheit zeigen und kam heim mit der Botschaft: »Auf d' Woch müaßts den neuen Motorpflug von der Bahn holn und die neue Dreschmaschin.«

Jawohl. So wars.

Und so gings mit dem elektrischen Licht und mit der Gsottmaschine, mit der Zentrifuge und mit der Wasserleitung. Alles Neue, was irgendwo den Kopf in die Höhe streckte, mußte her.

Denn der Herr Sohn hatte geredet.

So wars, und so ist es auch heute noch; und gerade am Tag, da der Schreibebrief von der Frau Rechtsrätin Scheuflein mit der Botschaft kommt, daß sie, ihre Frau Schwägerin Adele und ihre Tochter Rosalie die Absicht hätten, nächsten Samstag wieder in Berganger und auf dem Schiermoserhof zu landen und daselbst den Sommer über zu verbleiben – gerade an dem Tag zeigt es sich wieder, daß Franz Schiermosers Wille der allein maßgebende ist

und daß der ganze Hof nach seiner Pfeife zu tanzen hat, gehe es, wie es wolle.
Grad um die Abendessenszeit ist es.
Die Schiermoserin steht greinend und brummend in der Kuchel und kann erst die Nudelpfanne nicht finden und dann das Backschäuferl, darauf die Schmarrenschüssel nicht und zuletzt den Dreihax.
»Mit enkana Ausweißlerei und Umanandräumerei!« wettert sie. »Dee Kuchel hätts leicht no to bis zum Kirta! Aber naa, ausg'weißelt muaß werd'n! Zwegn dene Stadtscheesen da! Mir moanat schon, der Kini kaam oder der Kaiser! Mir woaß' ja do, daß nix dahinter is hinter dera Rechtsrätin und ihrane Töchter! Und hinter der andern alten Schachtel aa net! Was aus der Stadt kemma ist, hat no nia eppas taugt! No gar nia net!«
Und da ihr Mann, der Schiermoser, in die Kuchel kommt und sich dreinmischt, indem er meint: »No, grad gar so unrecht sans net, insane Sommerfrischler! Mir muaßt scho d' Kirch beim Dorf lassen – sie ham alleweil schee zahlt!«, da fährt sie ihn giftig an: »Natürli! Er, der ganz G'scheite! Dees glaab i! Solln's net vielleicht no schuldi bleib'n aa! Is's no net Sach gnua, daß ma's geduldt, die Stadtg'sellschaft! Daß mir net amal mehr Herr is über sei Sach! Derf ma sich sei Haus voll anräuma lassen – und d' Betta z'sammliegn – und's Gras zertreten – und d' Sach ausschnüffeln . . .«
In diesem Augenblick treten der Großvater und die Großmutter in die Kuchel, und die Alte weiß sogleich, um was es geht: »Und da hat's aa ganz recht, d' Wabn!« unterbricht sie ihre Tochter, die immer noch Wabn von ihr genannt wird. »I habs aa gar net mit dene Sommerfrischler! Daß s' guat zahln . . . no ja, dees is wahr. Aber Gaude hat mir aa grad gnua damit! Grad gnua, sag' i. Und alle Daama lang fragns di epps anders – und möchtns epps

anders – und wissens epps anders! – Is 's eppa net wahr, Vata?« Sie schreit die letzten Worte ihrem tauben Eheherrn ins Ohr.

Und der Alte lacht mit seinem zahnlosen Mund, lacht übers ganze Gesicht und meint: »Ja, ja. Recht warm is gwen. Recht scheene Täg ham mir. Da trückert d' Sach guat!« Und vergnügt zündet er seine Pfeife an.

Der Schiermoser aber wiederholt eigensinnig: »Mir muaß d' Kirch beim Dorf lassen. Gar so zwider is 's net, d' Frau Rechtsrat. Und wenn die andern Sommerfrischler habn, kinnan mir aa oa habn. Dees ist koa Schand net. Dees g'hört zum Verschönerungsverein.«

Damit hat er's aber ganz und gar verdorben bei den zwei Weibsbildern, und er muß sich ein schönes Donnerwetter gefallen lassen.

»Zum Verschönerungsverein!« ruft die Schiermoserin giftig aus, und die Alte meint: »Weil's scho so schee san, die Stadterer! Hint mager und vorn dürr! Und z'sammgricht wie d' Spatzenscheuchan! Da balst mir net gehst mit dera Verschönerung!«

»Und mit enkam neumodischen Glump überhaupts!« fängt die Wabn wieder an, »mit enkane Genossenschaften und Verein übereinand! An Raiffeisenverein ließ i mir ja no g'falln .... aber ...«

Franz Schiermoser tritt im selben Augenblick ein.

»Was is's mit'n Raiffeisen?« fragt er.

»Ah nixen.«

Die Schiermoserin stößt wütend in dem Mehlschmarren herum, während sie es sagt.

Und die Alte geht schnell hinaus. Aber sie kommt sogleich wieder, denn die Neugier plagt sie doch zu stark.

Der Schiermoser aber sagt grad in dem Augenblick zu seinem Sohn: »A Kreiz is's halt mit dee Weiberleut. Auf amal paßt eahna d' Rechtsrätin nimmer.«

Worauf die Schiermoserin heftig erwidert: »Dee hat mir no nia net paßt! Daß ihr's wißt's!«
Da hält die Alte ihre Zeit für gekommen, auch dreinzureden. »No ja«, meint sie, »mir tuat eahna ja nix wega. Aber mir hätten aa ohne Sommerfrischler auskemma kinna. Mir hätten durchaus gar koa braucht. Gar koa. Dessell sag' i.«
Und ihre Tochter fährt abermals giftig dazwischen: »I hab's no gar nia net mögn, die Stadtfrackn. I hab' mi alleweil gespreizt dagegen. Aber no, insaroana is ja der Garneamd! Insaroana hat ja daherin nix mehr zum Redn, seitdem daß der Bua 's Mäu offa hat! . . .«
Bis hierher hat sie ihr Sohn ruhig reden lassen. Jetzt aber fährt er ihr doch wild ins Wort.
»Und jetzt glangt's nachher, sag' i. Und an Ruah möcht' i hab'n! Und insane Sommerfrischler bleib'n da, so lang sie's g'freut, und bals da san, sans da. Verstanden! Und bals net a so g'macht werd da herin, wias recht und richti is, nachher geh' i! Auf der Stell geh' i! Nachher kinnts mit fremde Leut wirtschaften. Daß d'es woaßt.«
Das hilft.
Die Schiermoserin werkt mit brennrotem Kopf und klappert mit Tellern und Tiegeln, aber sie erwidert kein Wort mehr.
Und die Alte läuft eilends davon.
Der Schiermoser aber pfeift gellend durchs Haus und ruft die Leut zum Essen, indes der Franz ruhig, als wäre nichts gewesen, fragt: »Gibts a Milli oder an Tauch zum Schmarrn, Muatta?«
Darauf ihm die Schiermoserin bockig erwidert: »An Tauch. – Zweschbn.« –
Und also ist es bestimmt, daß die Frau Rechtsrätin Scheuflein, ihre Tochter Rosalie und ihre Schwägerin Adele am nächsten Samstag zu Schiermosers aufs Land gehen.

3

Als der nun in Gott ruhende Rechtsrat Scheuflein dies zeitliche Dasein segnete, beweinten ihn eine trostlose Gattin, drei Töchter und eine Schwester; so konnte man es wenigstens am nächsten Tag im Abendblatt lesen.
Leider war dies aber auch schier alles, was er den kommenden Tagen als Vermächtnis hinterließ, obgleich es ganz anders hätte sein können.
Denn er stammte von Eltern her, die ihrerseits alle Vorbedingungen späterer Wohlhabenheit mit auf diese Erdenwelt brachten.
Seine Mutter war die einzige Tochter eines reichen Kauf- und Schiffsherrn zu Hamburg gewesen. Aber, wie es schon so geht im Leben: eines Tages sanken bei einem heftigen Seesturm drei seiner Frachtschiffe, als sie, beladen mit reichen Schätzen, dem heimatlichen Hafen zusegelten. Damit versank dem Alten leider das größte Teil seines Vermögens, und er nahm sich den Verlust so zu Herzen, daß er in ein hitziges Fieber fiel und kurze Zeit darauf starb.
Nach seinem Hinscheiden führte die kaum zwanzigjährige Tochter noch eine Weile die Geschäfte; allein sie wurde von den sogenannten Freunden des Hauses bald so sehr übervorteilt und betrogen, daß der Ruin unausbleiblich schien.
So blieb ihr nur die Wahl: entweder dienen oder heiraten.
Dies letztere erschien ihr noch als das Glücklichere, um so mehr, als sich gerade in jenen Tagen ein tüchtiger junger Rechtsanwalt aus Bayern um sie bewarb.
Dieser brachte den Rest der Schiffe und Waren vorteilhaft unter den Hammer und verlegte seine Praxis in das alte Patrizierhaus seines Vaters zu München.
Bald hatte er sich einen glänzenden Namen gemacht und besaß nun ein so hohes Einkommen, daß nach seinem

Abscheiden alle seine Kinder, acht an der Zahl, lachende Erben hätten werden können.

Aber leider: wenn einen der Teufel reitet, geht's ins Verderben.

Der kaum fünfzigjährige Mann wurde plötzlich von der fixen Idee gepackt, er müsse sich unbedingt um eine Staatsstellung bewerben; denn wenn er nun heut oder morgen stürbe, hätte ja seine Wittib mitsamt den Kindern nicht einen Pfennig Pension. Das Vermögen, welches er ihnen hinterließ, dachte er, würde bei einer Teilung durch neun sicherlich nicht ausreichend sein, um alle so zufrieden zu machen, wie er dies wünschte.

Diese närrische Idee nun brachte ihn dazu, daß er seine glänzende Praxis aufgab und Amtsrichter wurde. Sein Einkommen verminderte sich allerdings dadurch auf ein Viertel des früheren; aber bei seinem Ehrgeiz konnte er es bald zum Gerichtsrat bringen.

Leider half auch dies nicht viel, denn das Unglück wollte, daß er noch dreißig Jahre lebte und also nach und nach alles zusetzte, was er als Rechtsanwalt verdient hatte.

So kam es, daß nach seinem Hingang die Witwe samt ihren Kindern in Verhältnissen dastand, die nicht gerade rosig genannt werden konnten.

Und als bald darnach auch sie das Zeitliche gesegnet hatte, machte die Teilung des Erbgutes dem Rechtsrat Scheuflein und seinen sieben Geschwistern zwar viel Arbeit, aber wenig Freude.

Der Rechtsrat, als der Jüngste, heiratete sofort nach dem Heimgang seiner Eltern die Tochter eines gänzlich verarmten adeligen Majors um ihrer schönen Augen willen.

Und da ihm das hübsche Mädchen außer einem Herzen voll warmer Zuneigung und einem Kopf voll überspannter Ideen nicht viel in die junge Ehe einbrachte, so wurde auch durch sie der Geldsäckel der Scheufleins nicht voller.

Seiner sonst glücklichen Ehe entsprossen drei Töchter, und so mußte sich nach seinem Wegscheiden die verwitwete Frau Rechtsrätin mit diesen und einer nicht allzu reichlichen Pension schlecht und recht durchbringen.

Von den sieben Geschwistern des Rechtsrats war das älteste ein Mädchen namens Adele.

Dieses Fräulein blieb unverheiratet und schloß sich ganz an den jüngsten Bruder, den Rechtsrat, an. Und nach seinem Tode zog sie, in richtiger Erwägung und Einschätzung der Verhältnisse, ganz zur Schwägerin und half ihr mit dem wenigen, was sie ihr eigen nannte, rechtschaffen über die Misere des täglichen Lebens hinweg.

Dies war auch durchaus notwendig; denn die Rechtsrätin, infolge ihres Standesbewußtseins erhaben über jede Berufsarbeit, hatte nicht das Zeug in sich, durch eigene Kraft ihren Kindern mehr als des Tages Notdurft zu bieten.

Und als ihre beiden größeren Töchter das Glück hatten, unter die Haube zu kommen, da wäre es der Witwe wohl schlechterdings unmöglich gewesen, ihnen nur eine einigermaßen standesgemäße Aussteuer mitzugeben, wenn nicht Fräulein Adele auch hier helfend eingegriffen und ihre Sparpfennige geopfert hätte.

Denn die beiden Mädchen wurden von Kavalieren geheiratet, die zwar ziemlich betagt, aber sehr vornehm und vermögend waren . . .

Also war nur mehr die Jüngste, Rosalie, im Hause.

Aber auch um diese Tochter brauchte die Rätin sich nicht viel zu sorgen; Tante Adele hatte auch hier ein offenes Auge und ein gutes Herz für die Bedürfnisse des jungen Mädchens.

So kümmert sich also die Schwägerin fast mehr als die Mutter um das Wohl des Hauses und erntet dafür manches Dankeswort von der Rechtsrätin.

Trotz ihrer Dankbarkeit aber kann diese sich nicht recht erwärmen für Adele. Eine schier unüberbrückbare Kluft steht zwischen ihnen, und es gibt alle Augenblicke kleine Unstimmigkeiten und Reibereien unter ihnen.

Dies ist aber ganz natürlich; denn erstlich ist Fräulein Adele bürgerlich – absolut gut bürgerlich. Frau Rechtsrat Scheuflein aber ist Aristokratin vom Kopf bis zu den Zehen – trotz ihrer Armut.

Und Fräulein Adele ist keine Freundin des Adels, ganz besonders des verarmten; wie sie ja überhaupt alle sogenannten Titel ohne Mittel verabscheut und alle Vornehmtuerei verachtet.

Da ist nun vor allem die Lebenshaltung der Rechtsrätin, die ihren Unwillen und Widerspruch fast täglich herausfordert.

Wie man als vermögenslose Witwe eine vornehme Wohnung im teuersten Stadtviertel bewohnen kann, das ist ihr ganz rätselhaft, und ebensowenig begreift sie, daß die Schwägerin immer noch einen Salon, ein Speisezimmer, ein »Boudoir« haben muß.

Schon das Wort Boudoir treibt ihr die Galle ins Blut und die Zornesröte auf die Wangen.

Daß man echtes Porzellan und gutes Silberzeug, feinen Damast und teures Kristall auf dem Eßtisch hat, ist ja auch in guten Bürgerkreisen Brauch und ein Zeichen behäbigen Reichtums. Aber alles dies ist nur schön, wenn eben auch der Inhalt dieser Platten und Schüsseln ihrer Beschaffenheit entspricht.

Aber so, wie es bei der Rechtsrätin Brauch ist: außen hui und innen pfui – so hatten es die Scheufleins nie gehalten!

Da gab es an den Wochentagen Suppe, Fleisch und Gemüse; an Sonntagen aber bog sich schier die Tischplatte unter der Last des schweren Bratens, all der Zutaten und der leckeren Nachspeisen!

Eben kommt die gute alte Dame wieder in die Küche und trifft Rosalie, die jüngste Tochter des seligen Rechtsrats, beim Kochen an.
Sie hebt den Deckel von einem dampfenden Hafen und zieht die Nase hoch: »Was gibt's denn heut wieder Grünes, Roserl? Das riecht ja wie meine Heublumenbäder!«
Ihre Nichte schält eben Kartoffeln und erwidert etwas verlegen: »Ach, du weißt ja, Tante Adele: nichts Besonderes. Mangoldspinat und Kartoffelschnitz.«
Und mit einem Seufzer fügt sie hinzu: »Wenn's doch endlich mal soweit wär', daß wir wieder zu Schiermosers gingen! In der Sommerfrische konnte man sich doch wenigstens satt essen um sein Geld!«
Die Tante nickt. Aber sie kann es nicht unterlassen zu sagen: »Das könntet ihr auch hier ganz gut, wenn ihr nicht mit eurer überspannten Vornehmheit euch selbst und die anderen belügen würdet! Aber nein, da muß der ›Jour fixe‹ her und müssen Seidenfähnchen her, und die Loge im Theater muß auch her . . . Ach was! – Ich mag gar nimmer reden! Bei deiner Mutter ist ja doch Tauf und Chrisam verloren!«
Sie geht erregt aus der Küche.
Aber nachdem sie wieder etwas ruhiger geworden ist, fällt ihr der Seufzer ihrer Nichte wieder ein: »Wenn wir doch wieder bei Schiermosers wären!«
Natürlich! Das ist doch das einzige Glück, daß man den Schiermoserhof als Zuflucht hat! – Daß man sich jeden Sommer bei Milchschüsseln und Schmalztöpfen, bei Eiern und Nudeln wieder erholen kann von der Traurigkeit des armseligen Stadtwinters! Sofort wird sie mit der Schwägerin reden! – Sofort!
Und sie läuft augenblicklich hinüber in das Speisezimmer, wo die Rätin eben das Silberbesteck aus dem Schrank nimmt.

»Schwägerin!«
»Adele?«
»Ich hätt' eine Frage.«
Die Rätin setzt ihren goldenen Kneifer auf die etwas große Hakennase und schielt hinüber zur Standuhr.
»Wenn's nicht zu lange dauert, meine liebe Adele; – du weißt, das Essen wird bald auf den Tisch kommen!«
Doch das Fräulein Schwägerin macht eine wegwerfende Handbewegung und meint: »Ah was! Laß es kommen! Ist ohnehin bloß wieder das alte: Grünfutter mit Pomm de Terr! – Ich möcht' wissen, ob du eigentlich schon an die Sommerfrische gedacht hast? Ob du was Bestimmtes im Aug' hast?« Sie setzt sich gemächlich aufs Sofa.
Die Rechtsrätin nimmt den Kneifer wieder ab und seufzt.
»Nn . . . ja . . . das heißt . . . ich wollte eigentlich mit Rosalie nach Baden-Baden . . . oder sonst in ein Bad . . . du verstehst doch, Adele . . .«
Aber das Fräulein versteht durchaus nicht.
»Ins Bad!« ruft sie aus. »Ins Bad müssen sie! – Jetzt möcht' ich bloß wissen, was die Rosel in einem Bad soll!«
»Gott, du weißt doch, Adele . . . Es ist doch nur, daß Rosalie . . .«
»Einen Mann kriegt! Natürlich! – Und dazu braucht's ein Bad. Ich sag' dir bloß, Schwägerin: Sie sind auch in Bädern nicht zu dick gesät, die Dummen!«
»Adele!«
»Na ja, sei nur still! – Wenn einer, der von Haus aus schon was Besonderes ist – der es dann auch noch zu etwas Besserem gebracht hat – also zum Beispiel zu einem Konsul oder einem Attaché oder was dergleichen Herren mehr sind, . . . ich meine, so einer heiratet kein Fräulein Habenichts. Selbst wenn die Mama des Fräuleins eine ›von‹ Habenichts war!«
»Aber Adele! Ich verbitte mir dergleichen!«

»Ja, ja . . . Ich weiß schon, daß ich grob bin. Aber ich sehe, daß deine beiden andern Töchter mit ihrer vornehmen Heiraterei nicht gut gefahren sind . . .«
»Sind meine Schwiegersöhne nicht Kavaliere?«
Die Rechtsrätin steht wie eine Truthenne, der man ein Junges nehmen will, vor der Schwägerin.
Aber die läßt sich nicht so leicht einschüchtern.
»Jawohl, Kavaliere«, sagt sie, »das sind sie. Aber wenn ich ein junges, fesches Mädel wär', niemals würde ich mir so einen alten Gecken nehmen, wie deine beiden Herren Schwiegersöhne ein paar sind! Lieber die Frau eines hübschen Handwerkers oder eines jungen Bauern – als die Gemahlin eines solchen Barons!« In diesem Augenblick kommt Rosalie mit den Tellern zur Tür herein und sieht, daß die Mutter ganz grün und gelb ist vor Zorn.
»Aber Mama!« ruft sie aus. »Aber Tante Adele! – Habt ihr euch schon wieder gezankt!«
»Leider ja«, erwiderte die Tante, der es doch leid tut, daß sie sich hat fortreißen lassen von ihren Gefühlen.
»War's wieder meinetwegen?«
»Allerdings. Deine Mutter möchte dich in ein Bad bringen.«
Rosalie lacht.
»Ach ja! Die alte Leier! Einen Goldfisch oder einen Blaufelchen angeln!«
»Rosalie!«
Die Rätin schnappt nach Luft.
Aber ihre Tochter beruhigt sie: »Reg dich doch nicht so auf, Mama! Was redest du denn immer vom Heiraten! Ich denk' doch noch gar nicht daran! – Ich bin doch erst dreiundzwanzig! – Und ich erspar' dir doch eine Köchin, ein Stubenmädchen, eine Jungfer – eine Schneiderin . . .«
»Und wirst alt und grau dabei!« entgegnet ihr die alte Dame.

Aber die Tante mischt sich abermals ein.
»Alt und grau!« ruft sie. »Daß ich nicht lach'! Also, Rosel – verstehst – das eine sag' ich dir: Bleib so, wie du bist. Und laß dir deinen Gaul nicht scheu machen! – Und jetzt schlagen wir zwei unsere Sommerfrische vor: Wir gehen wieder nach Berganger zum Schiermoser!«
Die Rätin wehrt ab: »Nach Berganger! – Ausgeschlossen! Wieder in dies Nest! In dieses ewige Einerlei und zu diesen Bauern!«
Aber Rosalie meint: »O Mama, ich finde, wir haben uns doch immer sehr wohl gefühlt bei Schiermosers, die Jahre her!«
Und Fräulein Adele fügt hinzu: »Jawohl. Und gut erholt haben wir uns auch immer. Und das ist doch schließlich der Endzweck einer Sommerfrische – nicht das Heiraten! – Warum soll man dem Mädel die Freude nicht machen, wenn sie gern zu den Leuten geht!«
Rosalie deckt verlegen und geschäftig den Tisch, indes die beiden Damen sich immer weiter zanken wegen der Sommerfrische. Ihr ist nicht wohl zumut; denn sie haßt diese Auftritte.
Daher sagt sie auch jetzt einlenkend: »In Gottes Namen, Tante, gehen wir halt nicht nach Berganger, wenn Mama ein so großes Unglück darin sieht.«
»Das ist es auch!« ruft die Rätin und springt auf. »Oder nennst du es etwa Glück, wenn ich zusehen muß, wie ihr beide verbauert! Besonders Rosalie! Das Mädchen vergißt ja seine ganze Erziehung da draußen! Läuft mit dem Dienstvolk herum und mit diesem Sohn, dem Franz . . .«
Aber Tante Adele fällt ihr sogleich wieder gereizt ins Wort, und das Ende vom Lied ist, daß die Rätin schließlich doch Ja und Amen sagt und verspricht, daß sie mitreist nach Berganger.
»Na also!« sagt da die Tante. »Da kannst du ja Schier-

mosers gleich schreiben. Oder warte: ich mach's gleich selber . . .«

Sie holt eine Postkarte und den Bleistift und schreibt: »Liebe Schiermoserleut! Wir kommen nächsten Samstag. Gruß! Adele Scheuflein.«

»Soo«, sagt sie darauf zufrieden, »und jetzt bring in Gottes Namen deine verdammte Grünkost auf den Tisch, Roserl!«

4

Es ist also nun bestimmt, daß die Frau Rätin samt Tochter und Schwägerin den Sommer abermals in Berganger verbringen werden.

Zwar versucht die alte Dame noch einige Male, ihre Zusage in ein Nein zu verwandeln, aber trotz Tränen und Bitten, Wutausbrüchen und Ohnmachten ist es ihr nicht möglich, Tante Adele von dem einmal gefaßten Entschluß abzubringen.

So bleibt ihr denn nichts weiter übrig, als etliche Taschentücher zu zerreißen, ein paar Tassen zu zertrümmern und darnach seufzend die Koffer zu packen.

Zwei Tage vor der Abreise aber gibt sie noch einen Abschiedstee für ihre beiden verheirateten Töchter, deren Gatten und einige Freunde des Hauses; freilich sehr zum Ärger der Schwägerin, die solcherlei Dinge als durchaus überflüssig verachtet.

»Man möcht schon wirklich meinen, eine Polarfahrt stünd uns bevor, so ein Getue hast du!« So brummt sie, als sie die Einladungsbriefe der Rätin liest.

»Ich erfülle nur meine gesellschaftliche Pflicht!« entgegnet ihr diese spitz.

»Natürlich! Und vor lauter Pflichterfüllung vergißt du, daß

zu solchen Dingen auch Geld notwendig ist! Diese Leute wollen doch auch bewirtet sein!«

»Werden sie auch!«

»Aha. Und womit, wenn man fragen darf?«

Die Rätin springt erregt auf. »Fängst du nun schon wieder an mit deinem trostlosen Schulmeisterkleinkram!«

Tante Adele steht schmunzelnd vor der kleinen, aufgeregten Frau.

»Allerdings. Denn dieser Abschiedstee droht wirklich trostlos zu werden!«

Die Rätin schleudert ihr einen wütenden Blick zu.

»Wieso?«

»Weil zu einem solchen Tee etwas mehr gehört als Tassen, Tee und Wasser!«

»Und wer sagt dir, daß es das nicht gibt, was dazu gehört?«

»Euer Geldbeutel. Unsere Rosel bat mich bereits gestern um einen kleinen Haushaltszuschuß.«

Dies ist allerdings bitter für die selbstbewußte Frau. Und für diesmal muß sie die Waffen strecken und um Gnade bitten. »Was? So viel haben wir schon wieder aufgebraucht? Ja, wie ist denn das nur möglich, liebe Adele!«

Die Schwägerin erwidert achselzuckend: »Kunststück! Deine paar Kröten und dazu die Preise! Was früher eine Gans kostete, das kostet heute schon ein Gericht aus Blumenkohl! Ich weiß nicht, was aus euch werden sollte, wenn nicht meine Kreuzer allemal wieder das Feuer im Herd anzünden würden, sooft's zu verlöschen droht . . .«

Die Rätin nickt.

»Ja, das ist wahr. Immer wieder bist du da. Immer wieder hilfst du. Aber warte es nur ab, liebe Adele; du erhältst alles wieder zurück. Alles, auf Heller unf Pfennig. Laß mich nur machen. Wofür hab ich denn reiche Schwiegersöhne!«

»Das frag ich mich auch manchmal«, entgegnet ihr die Schwägerin ironisch, »denn viel Profit hast du noch nicht gehabt an ihnen!«

»Allerdings nicht. Aber das kam daher, weil ich nichts von ihnen wollte, liebe Adele. Ich habe nie etwas angenommen, sooft mir die beiden auch Hilfe anboten.« Sie spielt verlegen mit der Schnur ihres Kneifers, da sie die ungläubige Miene der Schwägerin sieht.

»Du kannst mir schon glauben, liebe Adele! Soundso oft haben die Mädels gesagt: ›Mama, sollen wir dir was borgen?‹ – Es war ja nicht viel, was sie mir hätten leihen können . . .«

Tante Adele fährt erregt herum.

»Leihen! Hast du jetzt nicht gesagt ›leihen‹? Die eigenen Töchter! Und dabei sitzt jede schön warm und weich im Flaum! – Liebe Schwägerin, ich will dir was sagen. Laß das mit deinen Schwiegersöhnen. Wir kommen auch ohne Hilfe von dieser Seite durchs Leben. Laß dir nicht hineinschauen in den Geldbeutel. Du schadest damit nicht nur dir, sondern auch den beiden Kindern. Diesmal muß ich dir schon recht geben: Lad sie nur alle zu deinem Abschiedstee. Ich will ihnen schon zeigen, daß bei uns noch lang nicht Matthäi am letzten ist. Lieber heirat' ich selber noch in meinen alten Tagen einen Rothschild! Der Tee soll nichts zu wünschen übriglassen.«

Die Rätin ist gerührt.

»Du bist so gut, Adele. Aber, laß nur! Sobald Rosalie untergebracht ist, ersetze ich dir alles. Und ich hoffe, daß ich das Mädel bald unterbringe. Ich habe bereits zu dem Zweck Schritte getan. Die Angel ist ausgeworfen, und einer, glaube ich, hängt bereits. Ich meine den Assessor von Rödern. Er ist wohlhabend, hat eine sehr ehrenvolle Laufbahn vor sich, und, was die Hauptsache ist, er liebt Rosalie sehr. Laß mich nur machen, liebe Adele. Daß Rosel

nicht so lieblos gegen mich sein wird wie ihre Schwestern, davon bin ich überzeugt. – Und sollte das mit dem Assessor nicht werden, so habe ich ja noch den Rittmeister, den Baron. Also. Daß ich dir einmal alles auf Heller und Pfennig gutmachen kann, das weiß ich bestimmt. Heute schon.«
Die Schwägerin wendet sich zum Gehen.
»Es ist schon recht. Ich weiß schon. Und das weiß ich auch, daß für unsere Rosel weder ein Rittmeister noch ein Assessor, noch sonst so ein geschniegelter Herr paßt. Daß die was anderes braucht. Was Kerniges, Bürgerliches oder so. Na ja, kommt Zeit, kommt Rat. Und auch der richtige Eheherr, hoff' ich. – Und jetzt geh ich und back einen Kuchen für die Teegesellschaft.«
Damit verläßt sie das Zimmer und läßt die Rätin verblüfft und gekränkt zurück.

Rosalie Scheuflein ist ein großes, gesundes und resolutes Mädchen und fesselt gar manchen Mann durch diese Tugenden wie auch durch ihr rassiges Gesicht und ihre stattliche Figur.
Trotzdem ist sie noch ohne geheime Wünsche und ohne jenen Kummer, an dem andere dreiundzwanzigjährige Mädchen gemeiniglich leiden und der seinen Ursprung in der Liebe hat. Höchstens, daß sie sich manchmal den einen oder anderen »Kavalier« vorstellt und nüchtern abwägt, was ihn ihr gefällig machen könnte und was ihn ihr lächerlich macht.
Die mißliche Vermögenslage ihrer Mutter verhindert sie auch, jene Orte aufzusuchen, an denen sonst junge Mädchen ihre Natürlichkeit und Anmut verlieren; nämlich Pensionate, Tanzschulen, Damenkränzchen und derglei-

chen mehr. Dagegen steht sie von früh bis spät in der Küche und werkt und kocht und sorgt für das Wohl ihrer Mutter und der Tante.

Sie findet nichts Beschämendes darin, daß sie nicht wie andere Mädchen ihres Standes Hände so weiß wie Alabaster und Fingernägel gleich einer Haremsdame hat; aber sie würde es als eine Schande erachten, wenn andere Hände als die eigenen die Federn ihres Bettes schüttelten oder ihre Stube fegten.

Eben ordnet sie die Wäsche für den Sommeraufenthalt zu Berganger in die Reisekörbe; da kommt Tante Adele in die Küche.

»Roserl! Hast net ein Viertelstünderl Zeit für mich?« ruft sie. »Ich möcht gern mit dir ein bissel was zum Tee backen.«

Rosalie nickt.

»Einen Augenblick. Gleich habe ich's.«

Im Nu ist die Wäsche in den Körben, und gleich darauf steht das Mädel schon mit der Teigschüssel und dem Kochlöffel am Küchentisch.

»So, ich bin schon da, Tante!« meint sie. »Aber, kannst du mir vielleicht sagen, mit was ich dieses Teezeugs machen soll? Das bissel Mehl und Butter und die paar Eier brauch ich morgen fürs Mittagessen. Wenn du mir jetzt das Zeugs verbrauchst, kann ich euch morgen nicht mehr füttern!«

Tante Adele schmunzelt.

»Schlimm, mein Mädel! Recht schlimm! Da muß ich denn doch nachschaun, ob sich nicht in einer Geldbeutelfalte noch irgendein verkrüppelter Zwanz'ger findet. Die Mama muß doch ihren Abschiedstee kriegen und du deinen Hochzeiter!«

Rosalie runzelt die Stirn. »Wieso? Ich versteh dich nicht, Tante!« Adele erklärt es ihr näher.

»Soviel ich weiß, hat die Mama auch ein paar heiratslustige Angelgoldhechte eingeladen, und nun meint sie, daß bestimmt einer anbeißt, sobald er zwei Tassen Tee und ein Wurstbrot vertilgt hat. Ich fürcht' aber, daß wir unbedingt auch noch etliche Teebrezeln und einen Guglhupf mit Zibeben an die Angel binden müssen. Was sagst du dazu?«

Ihre Nichte steht mit hochrotem Kopf da. »Hör doch auf mit deinen schlechten Witzen, Tante!« ruft sie ärgerlich. »Du weißt genau, daß ich keinen mag von diesen Rittern!«

»Freilich weiß ich das!« lacht Adele. »Aber deine Mama weiß es nicht. Wills nicht wissen. Die baut fest auf den Rittmeister und auf den Assessor! Da kannst halt nichts machen. Blaublütige Mütter denken halt so, und wir simpeln Bürgergreteln denken anders.«

Rosalie rührt verlegen einen Teig an. »Ich weiß schon. Sie möcht halt, daß ich auch versorgt wär' und daß ich ihr dann ein bissel was zukommen ließe. Ich kann ihr aber nicht helfen. Ich heirat' noch nicht. Mir gefällt keiner. Vorläufig bleib ich noch bei euch.«

Damit ist die Unterhaltung ins Stocken gekommen, die beiden rühren und kneten, kochen und backen und sorgen also, daß der Ruf des Hauses Scheuflein ein guter bleibe.

Die Rätin aber hat inzwischen eine Mantille aus Spitzen um die Schultern gelegt, setzt das vornehme englische Hütchen auf und trägt nun die Einladungsbriefe, um das Porto zu sparen, selber zu den Adressaten. Eilig und scheu betritt sie überall das Haus, huscht vorsichtig die Treppen hinauf und wirft die Briefe in den Kasten oder steckt sie in den Türspalt. Klopfenden Herzens horcht sie darnach, ob niemand die Stiegen heraufkommt, und eilt endlich, so schnell ihre alten Füße dies vermögen, wieder von dannen. Bei ihren Töchtern ist es ihr bereits geglückt und beim

Assessor gleichfalls. Beim Rittmeister aber öffnet sich gerade in dem Augenblick, da die Rätin das Brieflein in den Kasten stecken will, die Tür, und heraus tritt eine elegante junge Dame, gefolgt vom Rittmeister, der eben fragt: »Hast alles, Schatz? Hast die Handschuh und den Schirm?«

Worauf die Dame sich lachend nach ihm umwendet und sagt: »Mhm. Das heißt: etwas hab ich noch nicht – den versprochenen Kuß . . .«

Bumms! Die Tür fliegt noch mal zu, und dahinter ertönt Kichern und Lachen.

Wie gejagt rennt die Rätin die Stiegen hinab; um eine Hoffnung ärmer geht sie nach Hause. Frau Rittmeister wird sie wohl kaum werden, ihre Rosalie . . .

Daheim legt sie trüben Sinnes ihre Mantille ab, steckt sich die künstlichen weißen Lockentuffen frisch auf und holt sich eine Handarbeit aus dem Nähtisch.

Ob die Verhältnisse sich bei ihr wohl noch einmal bessern werden? . . . Draußen in der Küche schlägt Rosalie eben einen Hefeteig fein, da schrillt die Klingel.

»Herrschaftseiten! Grad jetzt, wo ich auf und auf voller Mehl bin!« brummt das erhitzte Mädchen und schüttelt sich die wirren Haare aus der Stirn. »Geh, Tante, magst nicht du aufmachen?«

Adele nickt und bindet schnell die Schürze ab.

»Ich mach schon auf.«

Draußen aber an der Gangtür kommt sie in einige Verlegenheit.

Denn vor ihr steht, angetan mit Gehrock und weißen Handschuhen, in der Linken den Zylinder und in der Rechten einen Fliederstrauß, der Assessor, verbeugt sich fast bis zum Boden und frägt dann nach der Rechtsrätin.

Tante Adele wird schwül zumut.

»Au weh zwick!« denkt sie im stillen. »Das sieht ja schier

aus wie eine Brautschau! Jetzt, fürcht' ich, geht's dem armen Mädel doch an den Kragen.«

Laut aber sagt sie: »Gewiß, Herr Assessor, meine Schwägerin ist z' Haus. Bitte, treten S' doch näher!«

Und sie weist ihn mit einem Gemisch von Sorge und Unwillen im Gesicht in den Salon.

Die Rechtsrätin sitzt immer noch grübelnd am Fenster ihres Boudoirs, als die Schwägerin eintritt.

»Herr von Rödern ist da.«

»Ach! Was der wohl will?« Adele räuspert sich unwillig.

»'n Fliederbuschen hat er dabei«, sagt sie rauh; »wegen der Rosel wirds halt sein.« Die Rätin springt auf.

»Was sagst du? Blumen hat er? – Du glaubst, er wollte wirklich? Mein Gott, das wär' ja wunderbar!«

Sie läuft aufgeregt und planlos hin und her.

»Sag, ich komme sofort! Im Augenblick komm ich! Nein! So ein Glück! So ein Glück!«

Die gute alte Dame ist ganz außer sich vor Freude. Kaum vermag sie ihren Spitzenschal um die Schultern zu legen und die Lorgnette gleichgültig in der Hand zu halten, während sie die Tür zum Salon öffnet. Tante Adele aber schleicht betrübt über den Gang und tritt traurig in die Küche.

»Wer ist denn da gewesen, Tante?« Sie überhört Rosels Frage. »Tante Adele! Wer da war, hab' ich gefragt!«

Die alte Dame hört nicht. Sie klappert mit den Hafendekkeln und Tiegeln und werkt mit hochrotem Kopf.

Rosalie weiß nicht, was sie von diesem Benehmen halten soll. Aber sie erhält bald Aufklärung, denn Tante Adele unterbricht plötzlich ihre Arbeit und sagt rauh: »Hör jetzt auf mit deiner Arbeit, Rosel. Besuch ist da für dich.«

»Für mich? Ja, wer denn?«

Sie steht hilflos vor der alten Dame.

»Tante Adele! Du hast was! Sag, wer ist denn da?«

Da bricht's auch schon los, das Gewitter. »Ah was! Dein Herr Zukünftiger! Der Herr Bräutigam! Deiner Frau Mama ihr letzter Strohhalm! Natürlich der Herr Assessor! Da möcht ich schon noch lang fragn! So geschmacklos kann ja bloß der sein, daß er einem auch noch das letzte Kind aus dem Haus holt!«

Sie bricht plötzlich in Tränen aus und bemerkt nicht, wie die Rätin unter der Tür steht und mit vor Rührung unterdrückter Stimme sagt: »Rosalie! Willst du nicht einen Augenblick zu uns in den Salon kommen? Zieh aber schnell das Hellseidene an! Ich habe dich eben verlobt.«

Mit diesen Worten verläßt die Rätin auch schon wieder die Küche und eilt in den Salon, wo der Herr Assessor eben entzückt ein Brustbild seiner Braut betrachtet. –

Rosalie aber ist schier vom Schlag gerührt. Sprachlos starrt sie zur Tür, in der eben noch die Rätin stand.

Erst die Mahnung der Tante, sie müsse sich doch umziehen und schön machen für den Herrn Bräutigam, bringt sie wieder zu sich.

Und nun beginnt sie zu toben und zu stampfen, sich zu wehren und zu beschweren gegen diesen Überfall auf ihre Person, ihre Freiheit, ihr Leben! Aber es nützt nichts. Genau so erging es ja auch den Schwestern! Die wurden so wenig gefragt wie sie jetzt!

Die Mutter verhandelte hinter ihrem Rücken mit dem Bewerber, und erst nachdem das »Geschäft« erledigt war, wurde mit viel Gefühl und Rührung dem »Engelchen« und »Täubchen« der Zukünftige in die Arme gedrückt!

»Aber ich, ich mag nicht! Ich sag' nein, und wenn mich die Mama aus dem Haus jagt!« ruft Rosalie ein ums andere Mal aus. »Ich laß mich nicht so mir nichts, dir nichts an einen hinketten! Ich mag ihn nicht, diesen Gecken!«

Schweren Herzens redet ihr die Tante zu; denn ihr ist ungut zumut.

Endlich ist das Mädchen angekleidet und folgt widerstrebend der sie führenden Tante, fest entschlossen, nein zu sagen.
Aber da sie die Freude der Mutter sieht, da sie den wohlgepflegten jungen Mann vor sich sieht, die herzlichen Worte seiner Werbung hört, da sinkt ihr Kopf immer tiefer, und endlich sagt sie leise: »Ja. Ich will versuchen zu denken, daß ich Ihre Verlobte bin. Der Mama zulieb.«
Adele ballt ihre Fäuste. Wie lange soll's wohl in der Welt noch so gehen, daß des Menschen Glück dem Geldsack, der Versorgung oder dem Egoismus anderer geopfert wird?
Sie bringt es nicht übers Herz, ihrem lieben Mädel irgendein leeres Wort des Glückwunsches zu sagen. Aber sie drückt dem blassen, nichts weniger als glücklich aussehenden Mädchen fest die Hand.
Die Rätin tupft sich mit dem winzigen Spitzentuch bald die Augen, bald die Nase und umarmt wiederholt das »liebe Kindchen«. Rosalie aber bittet, ob sie sich nicht wieder zurückziehen dürfe.
So will denn das Geschick, daß der Abschiedstee zugleich der Verlobungstee Rosaliens wird, zu dem sie sich selber den Verlobungskuchen gebacken hat.

5

Vor dem kleinen Bahnhof zu Glonn steht der altmodische schwere Landauer der Schiermosers, der Hochzeitswagen des Hofs seit mehr denn einem Menschenalter.
Er ist zwar unkommod und dem Franz nicht nobel genug; aber bis jetzt ist es diesem noch nie eingefallen, daß man ja einen neuen anschaffen könnte. – Heute zum erstenmal fällt es ihm schwer, die Sommergäste immer noch in der

»wackligen Kalesche«, in dem »Rumpelkarren«, wie er die Kutsche immer wieder nannte, abzuholen.

»Sakra«, meint er am Bahnhof halblaut für sich, »die werdn sich aa denka: Beim Schiermoserbauern hausens ruckwärts! Jetzt hams alleweil no den alten Marterkarrn! – Aber i muaß gähend wirkli amal um an andern schaugn. I kenns selber ein.«

Damit breitet er eine Roßdecke über den brüchigen Ledersitz und zündet sich eine kurze Pfeife an.

Die beiden Rappen scharren schon ungeduldig; da ertönt das Signal, daß der Zug eben die letzte Spanne seiner Fahrt durchläuft.

Unwillkürlich zupft Franz Schiermoser seinen Rock zurecht, rückt das grüne Samthütl gerad und klopft die Pfeife aus; denn er weiß: Stadtdamen gegenüber hat man leider Gottes andere Saiten aufzuziehen als gegen seinesgleichen.

Da biegt das Züglein auch schon um den Berg, rattert über die Brücke des Mühlbachs und fährt schließlich rauchend und prustend in den Bahnhof ein.

Franz rührt sich kaum vom Fleck.

Langsam gleitet sein Blick über alle hin, die durch das Gitter der Sperre drängen; nur mit einem kurzen Kopfnicken erwidert er den Gruß des einen oder andern Ankommenden.

Plötzlich aber durchfährt es ihn mit einem Ruck: die da drüben – die so flink aus dem Wagen springt und nun der alten Frau die Hand zur Hilfe reicht –, die ist es doch!

Die Rosel Scheuflein!

»Herrgott, is dees Madl sauber wordn!« fährts ihm, ohne daß er's will, durch den Sinn.

Aber Rosalie läßt ihm nicht lang Zeit zu irgendwelchen Betrachtungen. Behend hilft sie nun auch der zweiten Dame, die Franz sogleich als die alte Rechtsrätin erkennt,

aus dem Zug, überblickt rasch den Bahnhof und läuft mit dem Ruf: »Ach, da steht er ja schon, der Franzl!« lachend auf ihn zu.
Tante Adele gibt derweil schmunzelnd die Fahrkarten hin, nimmt der Rätin etliche Gepäckstücke ab und begrüßt sodann den Sohn des Schiermoserbauern aufs herzlichste.
Nur Frau Scheuflein bleibt kühl und verzieht keine Miene ihres Gesichts, als sie Franz flüchtig die Fingerspitzen reicht und kurz: »Guten Tag, Herr Schiermoser!« sagt.
Sie fühlt sich eben nicht behaglich bei den Bauern. Der Unterschied ist doch zu groß, und die Erziehung war auf ganz andere Dinge und Lebenszwecke gerichtet.
Für Rosalie aber bedeutet das Leben auf dem Lande wahrhaft eine Erholung. So wohl wie da heraußen und besonders droben auf dem Schiermoserhof hat sie sich nirgends gefühlt.
Nirgends. – Auch nicht zu Hause.
Die Art dieser Leute hat etwas Glückbringendes.
Sie ist bodenständig und stämmig, nicht kränkelnd und voller Empfindlichkeit.
Sie macht jeden, der sie versteht, zu einem festen und gesunden Menschen.
Aber, um Bauernart zu verstehen, muß man den Bauernstand achten und schätzen.
Und Rosalie schätzt ihn. Und sie liebt das Landvolk. Besonders aber die Schiermoserleute.
Ist sie doch wie daheim in dem großen Bauernhof, in Haus und Stall, in Kuchel und Scheune!
Seit sieben Jahren ist sie nun jeden Sommer dort und fühlt sich immer wieder wie ein Kind vom Haus!
Sie lebt mit und werkt mit, sie ißt mit und ruht mit – mit allen, die auf den Hof gehören. Sie spricht ihre derbe Sprache.
Sie hat gelernt, Sense und Rechen zu gebrauchen, Ochsen

und Rösser zu lenken, Kälber zu tränken und selbst Kühe zu melken.

Sie lachte mit, wenn es gute Zeit gab – und sie hat mitgeseufzt und mitgebetet, wenn der Schauer schlug oder der Blitz zündete.

Und sie gilt als gleichberechtigt auf dem Hof.

Der Bauer teilt bei der Brotzeit seinen Ranken Brot mit ihr und reicht ihr seinen Krug: »Trink aa amal!«

Die Töchter gehen mit ihr zusammen zur Arbeit, zum Tanz und in die Kirche.

Die Alten im Haus nicken ihr wohlwollend zu, und das Dienstvolk freut sich, daß die feine Stadtjungfer keinen Stolz und keinen Dünkel kennt.

Die Bäuerin freilich, die hat kein gutes Wort für sie. Die verachtet alles, was hinter Stadtmauern geboren und erzogen wurde.

Für sie gilt nur das, was auf der heimischen Scholle wuchs.

Aber darin gleicht sie ja der Rätin. Die denkt über die Bauern ungefähr dasselbe.

Für sie sind die Landleute nicht viel mehr als ein notwendiges Übel – melkende Kühe –, arbeitende, Essen schaffende Tiere, denen man ein gutes Gesicht zeigen muß, damit sie nicht aufhören zu werken und zu geben.

Darum fällt auch ihr Gruß dem Franz gegenüber so frostig aus.

Doch das schadet der allgemeinen Wiedersehensfreude gar nicht. Franz fragt, Tante Adele fragt, und Rosalie erzählt und fragt bunt durcheinander, ohne sich irgendwie um das mißbilligende Kopfschütteln und die zornigen Blicke der Mutter zu kümmern.

Schnell ist das Gepäck in der Kutsche untergebracht, und die beiden Damen nehmen auf den breiten, zusammengesessenen Polstern Platz.

Rosalie soll den Rücksitz einnehmen, aber sie meint

lachend: »Franzl, i setz mi zu dir! I möcht sehn, ob i's Kutschieren net verlernt hab den Winter über!«
Und obgleich die Rätin über dieses beispiellose Betragen ihrer Tochter, die doch nun Braut ist, schier in Ohnmacht fällt, klettert das Mädchen doch lachend auf den Kutschersitz und ergreift die Zügel.
»Hüh, Rappeln!« Ein Schnalzen mit der Zunge, und dahin geht's in lustiger Fahrt durch den Marktflecken, hinaus in die blühende Landschaft, vorbei an jungen Saatfeldern, duftenden Heuwiesen und hinauf über die Anhöhe, Berganger zu.
»Und was macht der Vater, Franzl?« fragt Rosalie so mitten unterm Reden. »Is er noch alleweil gsund? Führt er 's Regiment no so wie sonst? – Und wie geht's der Großmutter und 'm Großvater? – Und der Mutter? – Hats d' Stadtleut alleweil no so dick wie früher? Sinds ihr immer noch so zwider?« Franz wird einen Augenblick verlegen.
»Mei', Frailn Roserl, dees woaßt scho: sie is halt no oane vom alten Schlag, d' Muatta«, meint er dann, »sie woaß halt net anderscht. Und alle Tag älter und harber werds halt aa. Die alten Leut san alle mitanand a bißl zwider und seltsam, wähn i.«
Dies letzte flüstert er ihr ganz leise ins Ohr, damit es die Rätin und die Schwägerin nicht hören.
Als das Fuhrwerk die Anhöhe erreicht hat und Rosalie Berganger mitsamt dem großmächtigen Schiermoserhof vor sich liegen sieht, da kann sie nicht anders: sie lacht laut auf vor Freude und ruft aus: »Herrgott, Franzl, du kannst dir gar net einbilden, wie i mi freu, daß i wieder da bin! Es ist mir grad, als tät i heimfahrn!«
Da streift sie ein langer Blick des jungen Bauern, und er denkt: »Schad, daß 's a Stadtmadl is. Dees waar a Bäuerin für mi gwen – oane nach dem neuen Schlag – a resche . . .«
Und er rückt ganz nahe an sie heran.

6

Rasselnd und polternd fährt das Fuhrwerk über den mit großen Feldsteinen gepflasterten Hof des Schiermoserbauern.

Franz pfeift gellend durch die Finger, springt vom Wagen und hebt Rosalie mit einem Scherzwort herab von ihrem Sitz.

Dann öffnet er den Schlag und ist den Damen behilflich beim Aussteigen.

Dabei aber schielt er alle Augenblicke hinüber zur Haustür, die gegen alle Gewohnheit verschlossen ist.

Nichts rührt sich.

Der Hof scheint ausgestorben oder verlassen zu sein.

Nur die Rösser im Stall stampfen hie und da, die Kühe rasseln mit den Ketten, und die Säue stoßen quiekende Laute aus. Kein Bauer, kein Knecht, keine Dirn und keine Tochter ist zu sehen.

Den scharfen Augen Rosalies aber ist es nicht entgangen, daß sich sowohl drin in der Wohnstube wie auch droben im Austragstüberl der alten Großeltern die bunten Vorhänge ein wenig beiseite geschoben haben und daß sich nun die Gesichter der Schiermoserin und ihrer Mutter ganz nahe an die Scheiben pressen, um die Ankommenden verstohlen betrachten zu können.

Franz hat abermals gepfiffen und entschuldigt sich nun bei den Gästen, daß er sie einen Augenblick hier allein lassen müsse.

»I geh grad schnell durchn Stall ins Haus und mach enk auf!« sagt er verlegen. »D' Muatta is leicht gar in Gottsdeanst ganga mit der Großmuatta. Und der Großvata hört ja nix. – Is 's enk recht, wenn i enk an Weidling voll Milli aufn Tisch bring und an Scherz Brot dazua? Werds leicht hungri sein auf d' Roas auffe!«

Die beiden alten Damen sind so sehr mit ihrem Gepäck beschäftigt, daß sie kaum darauf achten, daß man ihnen hier einen so kalten Willkomm bietet. Rosalie aber weiß Bescheid.

Doch sie ist nicht gewillt, sich zu ärgern oder sich die Zeit ihres Hierweilens durch irgendwelchen unliebsamen Zusammenstoß mit der Schiermoserin zu verbittern. Darum sagt sie mit dem freundlichsten Lächeln gegen die verschlossene Haustür hin: »Is scho recht, Franzl! Mach 's nur, wie d' moanst. Wir machen keine Ansprüch, dees woaßt ja. Aber wenn der Vater oder d' Mutter hoamkommen, nachher sagst mir's. Ich hab ihnen was mitbracht.«

Und damit hilft sie auch schon das Gepäck auf die Hausbank schaffen, die Rosse ausschirren und den Wagen in die Schupfe schieben.

Der Schiermoser hat eben drunten in der Mooswiese mit seinen Leuten das letzte Heu zum Heimführen zusammengehäuft.

Nun geht er gemächlich heimzu.

Da findet er die Sommergäste vor der verschlossenen Haustür, und Franz sagt ihm zähneknirschend, daß von innen abgeschlossen und der Schlüssel abgezogen wär' und daß man weder hinein noch heraus könne.

Und die Rätin beginnt auch bereits über die Unhöflichkeit des Landvolks zu nörgeln.

Aber Tante Adele beeilt sich, dem Schiermoser zu versichern, daß man grad im Augenblick gekommen wär, daß es ja gar nicht eile und daß die Hausfrau wohl nicht allzu lange ausbliebe.

»Oh, wir können leicht warten!« meint sie freundlich. »Uns lauft der Tag alleweil nimmer davon! Setzen wir uns halt derweil alle miteinander auf d' Hausbank hin und erzähln wir uns, wie's gangen hat den Winter!«

Mit diesen Worten setzt sie sich bequem neben ihr Gepäck und lacht dem Schiermoser fröhlich und gutmütig ins Gesicht.
Und Rosalie hat bereits seine schwielige Hand ergriffen, schüttelt sie voller Übermut und sagt: »Ja, Schiermoservater! Laß di grüaßen! Hast es do noch derwarten kinna, bis i kommen bin zum Helfa?«
Und sie zieht den Bauern auf die Bank neben sich.
»Alsdann; geh weiter und hock di a bissl her zu mir! Und erzähl mir epps vom Viech! Wie steht's im Stall? Was macht der Ochs, der Blaß? Und der Handige, der vorigs Jahr krumm ganga is? – Soo, der is geschlagn! Hat er viel Fleisch gebn? Hat'n der Metzger guat zahlt? Und was macht d' Breitmoserin? Gibts no alleweil so wenig Milli? Und 's Öchsl vom Windbichler? Werds was? Habts sonst aa epps aufgstellt? Hast gut verkauft?«
Mit solchen Reden hat sie den guten Schiermoser sogleich umgarnt, und schon nach der zweiten Frage ist er so weit, daß er Red und Antwort steht, sich mit ihr unterhält und ihr sein Tun und Handeln, ja sogar seine Pläne und Wünsche offenbart.
Der Franzl steht eine Weile dabei und hört zu.
Mittendrin aber setzt er sich zu ihnen und schwatzt auf das lebhafteste mit.
Und wenn die Schiermoserin drin hinter dem Vorhang in ihrer Stube auch bebt vor Zorn, wenn sie gleich wettert über die Frechheit und Neugier der Stadtmamsell – sie kann es doch nicht ändern, daß die da draußen frei darauf vergessen, wo sie sind, daß sie Raum und Zeit für nichts achten und daß die beiden Männer jeglichen Unterschied vergessen zwischen Art und Stand und das Maidl betrachten als eine ihresgleichen.
Die Rätin ist derweil verstimmt und gekränkt mit ihrer Schwägerin ums Haus gewandelt, hat sich sehr mißbilli-

gend über den Duft des Misthaufens geäußert und schlägt nun gelangweilt mit dem Schirm etliche unreife Stachelbeeren vom Gesträuch am Gartenzaun.
Und dies ist endlich der Anlaß, daß die Schiermoserin wie ein gereizter Truthahn in die Höhe fährt und blaurot übers ganze Gesicht wird.
Daß sie den Hausschlüssel aus dem Rocksack zieht und die Tür aufschließt, in der Absicht, den Neuangekommenen daraufhin sogleich einen derben Willkommenslandler zu blasen!
Aber der ziemlich verrostete und vom Zahn der Zeit zernagte Hausschlüssel hindert sie daran mit aller Macht.
Denn er will durchaus nicht aufschließen, soviel sich die gute Bäuerin auch müht und plagt und dabei schilt und greint.
Und so bleibt ihr schließlich nichts übrig, als endlich das Fenster im Flöz zu öffnen und hinauszurufen: »Geh, macht oana auf draußt! Da is der Schlüssel. I hab zuagschbarrt ghabt, weil i a weng geschlaffa hab.«
Dies ist aber wiederum die Ursache, daß Rosalie sogleich die Hand und den Schlüssel der Bäuerin ergreift, daß sie eilends aufschließt und mit einem herzlichen, lustigen: »Grüaß di Gott, Schiermosermutter!« abermals ihre beiden Hände erfaßt und schüttelt.
Und sie schwatzt und erzählt, daß sie für jedes im Haus ein kleines Geschenk angefertigt hätte: für sie, die Schiermosermutter, ein Versehtuch, wie sie sich's schon so lange gewünscht hätt auf ihren Hausaltar; für ihn, den Bauern, einen gestrickten Leib für die grimmige Winterkälte, für die Dirndln seidene Schlipse, für die Alten ein Halstuch und gestickte Pantoffeln und für den Franzl einen Beutel zum Tabak, auf daß er doch endlich einmal die alte Stärkeschachtel abdanken könnt, in der er ihn bislang noch herumtragen müßt!

Während sie noch so erzählt und schwatzt, tritt auch Tante Adele herzu und hinter ihr die Rätin.

Und auch sie begrüßen beide die Schiermoserin. Die Rätin freilich etwas frostig, die Tante aber dafür um so herzlicher.

Adele Scheuflein hat auch wirklich so viel Gewinnendes in ihrem ganzen Wesen, daß sie es fertigbringt, die Bäuerin so zu erheitern, daß diese wiederholt hell auflachen muß.

Damit ist also das Schlimmste überstanden, und die Sommergäste haben Zutritt zu Haus und Hof.

Freilich, wegen der Versorgung mit Milch, Butter und Eiern droht abermals die Laune der Schiermoserin vom Guten ins Schlechte umzuschlagen, denn nichts kann sie mehr aus dem Häusl bringen als diese »verflixte Bettlerei«, wie sie es nennt.

Und trotz der hohen Preise, die sie fordert, kann sie nicht anders: sie muß ihnen sagen, was sie denkt.

»Gell, da san enk d' Bauern no guat gnua, daß s' enk z' Fressn gebn, enk Stadterer! Jetzt möchts enk wieder außafuttern, daß 's im Winter a weng vom Balg zehrn könnts!«

Aber sie geht doch und holt das Verlangte.

Die Rätin muß einen Augenblick ihr Riechfläschchen an die Nase halten, so sehr empört sie das »beispiellose Benehmen dieses Landvolks«.

Ihre Tochter aber und die Tante finden die Geschichte ganz natürlich und lustig, pflichten sogar der Schiermoserin noch bei und bringen sie dadurch wieder in eine versöhnlichere Stimmung.

Trotzdem hat der Schiermoser abends im Bett noch das Folgende von seinem Eheweib zu hören und es zu bestätigen:

»Ausschaugn teans wia Vogelscheuchen, grea sans wia d'

Jakobiäpfel im Mai, z'sammgricht sans wia dee Narrischn und habn teans gar nix. Koa Hoamatl, koa Viech und koa Sach und koa Geld. Wir müaßn eahna d' Steuern zahln und z' fressn gebn und arbatn vom Gebetläuten in der Fruah bis in d' Nacht eine, damit daß sie in eahnana Stadt drin faulenzen und umanand karressiern kinnan. A solcherne bal mir insa Bua daherbrächt – 's Kreuz taat i eahm abschlagn! . . .«

Der gute Schiermoser hat längst zu schnarchen begonnen; doch sie ist immer noch nicht zu End mit ihren Betrachtungen.

Bis ihr endlich selber langsam die Augen zufallen und sich die abgerissenen Sätze des Vaterunsers in ihr Selbstgespräch mengen – bis sie hinübergegangen ist in die raum- und zeitlose Welt der Träume.

7

Die Rätin ist damit beschäftigt, ihre Sommerwohnung »menschenwürdig« zu gestalten, wie sie es nennt.

Ein Wust von Decken und Spitzen, von Bildchen, Photographien und Nippsachen liegt um sie herum, und ein Berg von Schlummerrollen und Sofakissen türmt sich auf dem Tische auf.

Eine Wolke von Wohlgerüchen strömt aus einem kleinen zerdrückten Körbchen, welches leider nur mehr die Scherben einiger Parfümflaschen und Hautkremdosen enthält.

Die Laune der alten Dame ist ganz unerträglich, und sowohl Tante Adele als auch Rosalie haben sich gleich nach dem Frühstück aus dem Staub gemacht und sie ihrem Schicksal überlassen.

Besonders Rosalie, die es herzlich satt hat, innerhalb einer Stunde etwa hundertmal zu hören: »Aber Rosalie! Du bist doch verlobt! Das schickt sich doch nicht für eine Braut! Was soll denn dein Verlobter sagen, wenn er das und das und das erfährt ...«

Unwillkürlich kommt Rosalie die Entgegnung auf die Lippen: »Na, so soll er's doch erfahren! Jetzt bin ich auf dem Land, und da leb ich so – und wenn ich wieder in der Stadt bin, leb ich wieder anders. Und mein Verlobter kann mir heut noch ...«

Sie hält erschrocken inne und rennt mit hochrotem Kopf davon. Weh tun will sie der alten Dame, die so große Hoffnungen auf diese Heirat setzt, doch nicht.

Da räumt sie lieber das Feld.

Drunten beim Schiermoser ist bereits alles auf den Feldern und Wiesen bei der Arbeit.

Nur die alte Großmutter sitzt wie immer auf der Hausbank und strickt an ihrem ewigen Strumpf.

Und der Großvater steht unter der Stalltür und knüpft eine neue Geißelschnur an den Haselnußstecken, indem er halblaut vor sich hinschwatzt und murmelt.

Da kommt Rosalie im bäuerischen Leibchenrock und hemdärmelig aus dem Haus, bindet sich eine blaue, härwene Schürze um und fragt: »Großmuatta, wo is der Schiermoser?«

»Warum fragst?« erwidert die Alte zwischen Unwillen und Mißtrauen.

»Weil i eahm helfa möcht«, erwidert Rosalie.

»Soo, soo. Was möchst eahm denn nachher helfa?«

»No mei, was i eahm halt helfen kann. Z'sammrechan, häufeln, owerfa ...«

»Ja freili! Sinst nix mehr!« ruft da die Alte aus. »Da kunnts weiter net zuageh! Moanst, daß dee ohne di nix z'weg bringa? Dee brauchan di net! Aber scho gar net aa! Ha! Sie, d' Stadterin!«

Rosalie wird brennrot vor Zorn und Ärger über die

»Stadterin«; und sie kann nicht anders, sie muß der Alten zur Antwort geben: »Ha, daß jetzt die alten Weiber gar so zwider san!«

Dies ist aber nicht wohlgetan. Denn schon die Erwiderung der Großmutter: »O du Stadtschnappen, du zahnete!« zeigt ihr, daß sie sich hier einen Feind geschaffen hat trotz Pantoffeln und Halstüchlein.

Aber sie macht sich nicht allzu viel daraus.

Summend geht sie zum Großvater hin und schreit ihm ins Ohr: »Werd heunt eingführt, weilst d' Goaßl neu machst?«

Und der Alte erklärt ihr, ohne sie ganz verstanden zu haben: »A neue Schnur hab i ei'knüpft, weil der Franzl nachher glei eispannt. Z'erscht fahrns in Kleepoint und nachn Essen a fünf a sechs Fuada Heu.«

In diesem Augenblick kommt auch schon der kleine Ochsenbub gerannt und brüllt: »Eispanna sollst! Den kurzn Truchawagn und d' Ochsen! In Bruckmoser Klee hintre zum Franzl!«

Und damit rennt er hinein ins Haus und in die Kuchel, wo die Schiermoserin schwitzend vor dem Herd steht und Roggennudeln backt.

»Brotzeit!« schreit der Tropf, schneidet sich einen Ranken Brot ab, trinkt aus einer Schüssel voll abgeblasener Milch einen gehörigen Schluck und läuft darnach hinaus in die Speiskammer um das Bier für die Knechte.

Rosalie hat derweil draußen dem Großvater geholfen, den Wagen aus der Schupfe zu schieben und die Ochsen einzuspannen.

Und sie nimmt die neue Geißel, stellt sich auf den Wagen und ruft ganz in der Art und im Ton des Franz Schiermoser: »Wühlöh, Alter! Geh, Handiger, geh! Hüah, hottöh!«

Der Großvater schaut ihr lachend nach.

Die Großmutter aber murmelt etwas von »frechem Stadtgesindel« und strickt dazu, daß die Nadeln klappern.
Inzwischen kommt der Ochsenbub beladen mit Bier und Brot aus dem Haus und denkt, er könne seine Last schön auf den Wagen tun und sich selber gut dazu. Derweil sieht er aber das Fuhrwerk schon drunten am Feldkreuz um die Ecke biegen und gegen den Bruckmoser Klee zufahren.
Also bleibt ihm nichts anderes übrig, als schwerbepackt hinterdrein zu tappen und sich gleichfalls sein Teil zu denken über die Städtischen.
Rosalie ist's, als hätte sie niemals in ihrem Leben etwas anderes getan als Ochsen geführt. Mit einem Gemisch von Abscheu und Angst denkt sie an die Zeit, da sie als Frau Assessor von Rödern drinnen in der Stadt ihre Tage wird verbringen müssen; da sie in vornehmen Badeorten wird herumstolzieren müssen; da sie nie mehr wird dies sorglose und unbekümmerte Leben führen, nie mehr so wie heute wird fröhlich lachen können.
Doch – noch sind ja die Tage gesunder Lust und fröhlichen Schaffens! Noch kann sie ja lachen!
Noch ist sie ja ein freies Geschöpf unseres Herrgotts, das sich noch freuen darf über seinen Sonnenschein und an seiner Welt!
Eine große Lustigkeit überkommt sie, und sie begrüßt Franz, der mit einer Dirn den frischgemähten Klee zum Auflegen häuft, sehr munter und herzlich.
»Gell, da schaust, Franzl!« ruft sie, indem sie vom Wagen springt. »Auf *den* Ochsenbubn hast gar nimmer denkt ghabt!«
»Aber er is mir liaber wia der ander!« erwidert dieser lachend. »Und wenn i a Stadtherr waar, nachher müaßt i no an schlechtn Witz macha: Da möcht i aa a Ochs sei, bal i an solchen Knecht kriagat!«
Rosalie droht ihm mit der Geißel.

Und die Wimmerin und die Pfeifferin, die Hürblerin und die Strieglin, jede Bäuerin und jedes Häuslweib werden 's inne: »Der Franzl hat die Stadtmamsell, die Sommerfrischlerin, zu einem ›Gschpiel‹ erkoren!«

Wie es halt so oft bei den Weiberleuten ist, daß sie schon den Regen spüren, noch ehe die Wolken kommen, und daß sie schon das Maul wetzen, noch bevor sie was zu reden wissen!

9

Die Heuernte ist vorbei; die Getreideernte beginnt.

Bei Schiermosers haben sie ein paar neue Knechte zum Mähen und ein paar Weiber aus dem Markt zur Hilfe beim Garbenbinden und Mandlmachen eingestellt.

Denn unser Herrgott hat gut Wetter werden lassen und schickt den Schnittern klare Nächte und dem Getreide heiße Tage.

Und die Zeit geht hin in harter Arbeit und kurzem, bleischwerem Schlaf.

Das verspürt nun auch Rosalie, die sich seit einer Weile schon nicht mehr recht wohl fühlt auf dem Hof.

Aber es ist nicht allein des Tages Müh und die kurze Ruh, was sie aus dem Gleichgewicht gebracht hat; es ist nicht das ständige Schelten der Mutter über ihre Gleichgültigkeit gegen den Bräutigam und über ihr stetes Verweilen unter dem Bauernvolk; nein, etwas anderes nimmt dem Mädchen die Ruhe und Sicherheit.

Sie sieht auf Schritt und Tritt die Weiber verstohlen mit Fingern auf sie deuten, sie hört ein Tuscheln und Flüstern, sobald sie allein oder mit Franz die Stube oder die Scheune verläßt.

Dieses heimliche Reden hinter ihrem Rücken raubt ihr alle Lust zur Arbeit.

Dabei aber fährt ihr doch eine flammende Röte übers Gesicht; besonders, da Franz sie auf Ja und Nein bei den Hüften faßt, in die Höhe hebt und mit seltsamem Lachen wieder auf den Boden stellt.

»Du bist scho a sakrisches Luadamadl!« sagt er heiser. »Du brachtest an Eiszapfa aa zum Siadn!«

In diesem Augenblick aber trifft ihn beißend ein Hieb mit der Geißel, Rosalie gebietet ihm wütend Schweigen und sagt rauh: »An Klee sollst auflegn!«

Da wendet er sich schnell und verlegen seiner Arbeit zu.

8

Nun sind es bereits vier Tage, daß die Rechtsrätin samt Tochter und Schwägerin auf dem Land ist.

Und da fällt es der alten Dame plötzlich auf, daß Rosaliens Verlobter immer noch nicht geschrieben hat.

Daher fragt sie am Nachmittag erst die Schwägerin und darnach ihre Tochter: »Ist immer noch keine Post da? Daß der Assessor nicht schreibt!«

Worauf Rosalie mit großem Gleichmut erwidert: »Wahrscheinlich, weil er unsere Adress' nicht weiß.«

Die Rätin starrt sie erschrocken an.

»Ja, hast du ihm denn nicht gesagt . . .«

»Ich hab ihm gar nichts gesagt!« entgegnet ihr das Mädchen, nun doch errötend.

Die Rätin wird immer erregter.

»Und du hast auch nicht geschrieben . . .?«

»Nein. Ich hab keine Zeit gehabt.«

Rosalie ist nicht sehr wohl zumut. Doch verbirgt sie ihre Verlegenheit hinter einer großen Gereiztheit.

»Ich hab überhaupt nicht so viel Zeit, wie du glaubst, Mama!« ruft sie aus. »Ich hab doch wirklich jetzt was anders z'tun, als Liebesbrief zu schreibn! Ich denk, ich muß mich doch in erster Linie – erholen!«

Und damit läuft sie auch schon aus der Stube und hinunter in den Hof.

Des Schiermosers Franz spannt eben ein Fuhrwerk ein.

Rosalie greift sogleich helfend mit an.

»Wo fahrst denn hin, Franzl?«

»In d' Kumpfmühl ums Mehl«, erwidert ihr der Bursch freundlich, »bals di gfreut, derfst mitfahrn!«

»Ob 's mi gfreut! Freili! Gern mag i!«

Und während droben die Rätin erbittert und verzweifelt über die Unart ihrer Tochter Tränen vergießt und sich darnach hinsetzt, um dem Herrn Assessor einen mustergültigen Höflichkeits- und Komplimentierbrief zu schreiben, kutschiert Rosalie scherzend und lachend, ist voller Übermut und tut, als wär' sie die Großbäuerin von weiß Gott woher.

Erst drunten im Marktflecken fällt ihr ein, sie könnte am End doch schnell ihrem Verlobten ein paar Zeilen schreiben.

Darum sagt sie zum Franzl: »Du, i steig ab. I muaß gschwind was bsorgn. I komm darnach scho hintre in d' Mühl.«

Damit springt sie vom Wagen, geht auf die Post und schreibt folgende Karte: »Aus Berganger sendet freundlichen Gruß Rosalie Scheuflein.«

Darnach macht sie sich zufrieden wieder auf den Weg nach der Kumpfmühle. Dort bezahlt Franz eben das Mahlgeld, während ihm der Mühlbursche den Wagen mit schweren Säcken voll Brotmehl, Nudelmehl und Kleie belädt.

Die Müllerin steht schon eine Weile am Fenster und schaut neugierig hinaus auf die Straße, wer wohl das stämmige Weibsbild sein könnte, das da so rasch und rüstig des Wegs kommt.

Und da Rosalie ganz nahe am Haus ist, hält die Alte es nimmer aus auf ihrem Auslug.

Wie die Kreuzspinne aus ihrem Winkel fährt, kaum daß sie eine Fliege im Netz erblickt hat, so rennt auch sie jetzt hastig unter die Tür und starrt auf das Mädchen.

»Is jetzt dees neet . . .?«

In diesem Augenblick aber hat Franz seine Schuldigkeit beim Kumpfmüller bereinigt, dem Burschen sein Trinkgeld gegeben und ruft nun lachend Rosalie zu: »Guat derraten hast es, Roserl! Akrat mitanand san mir firti wordn! Jetzt sitz auf, nachher fahrn mir hoam zua!«

Da die Kumpfmüllerin nun diese Worte vernimmt, schaut sie erst einen Augenblick drein, als hätte sie nicht recht gehört. Dann aber geht plötzlich ein verstehendes Leuchten über ihr ganzes Gesicht. Ein pfiffiges Lächeln weitet ihren zahnlosen Mund, und sie stößt ihren Eheherrn vertraulich in die Seite.

»He du! Hast es gsehgn? Der Schiermosersfranzl und d' Sommerfrischlerin! Es schlagn halt doch a diammalen aa die Kinder von dee Großkopfatn aus der Art. Dees hätt si aa neamd traama lassn, daß der amal a Stadtscheesn auf 'n Schiermoserhof bracht!«

Und diese Entdeckung prickelt ihr so in allen Gliedern und auf der Zunge, daß sie sogleich zur Huberbäuerin, ihrer Nachbarin, hinüberlaufen muß, um ihr die große Neuigkeit zu berichten.

Bei der Huberbäuerin aber sitzt gerade die alte Nähterin, die Kathl, auf der Stör, und mit ihr noch zwei schwatzhaft
Nähmädchen als Helferinnen.

Und so kommt es, daß am andern Tag abends nach
Herz-Jesu-Andacht drunten in Glonn die Kathl der K
merin und die Müllerin der Bäckerin und die Nähmäd
ihren Kameradinnen das Allerneueste mitteilen: »
ihr's schon! Der Franzl vom Schiermoser . . .«

Und da eben wieder eine Woche zu End ist und der Sonntag kommt, da sagt sie zu Franz: »Du, Franzl, i muß dir was sagn. I bin net ganz gut beinand und kann enk auf d' Woch nimmer helfa. Und überhaupts muß i mi jetzt aa schee langsam um mei Aussteuer kümmern. I heirat doch im Winter!«
Dieser Augenblick ist es, der sie beide sehend werden läßt.
Denn kaum hat sie das Wort gesagt, spürt sie ein Würgen in der Kehle, und etwas in ihr schreit und tobt: »Es wird ein Unglück – es geht schlecht aus! Denn er ist der Unrechte! Der Rechte . . . Herrgott . . . der steht ja . . .«
Ja ja. Er steht vor ihr. Er weiß es selber.
Und daß sie für ihn die Rechte wär, das weiß er auch.
Minutenlang stehen beide wortlos da. Franz ist der erste, der sich selber und ein paar Worte findet.
»Soo soo. Im Winter heiratst. Und net guat beinand bist, sagst. Nachher laß i di aber heunt net z' Fuaß in d' Kirch abegeh auf Glonn. Da ist scho gscheidter, du fahrst. I spann dir dees kloane Scheesl ei.«
Rosalie schüttelt den Kopf.
»Naa, Franzl. I bleib dahoam heunt.«
In diesem Augenblick kommt Tante Adele die Stiege herab und sieht die beiden.
»Ja, was is's denn?« ruft sie aus. »Was stehts denn da, als ob enk d' Henna 's Brot gnomma hättn?«
Rosalie versucht zu lächeln.
»Ah nix, Tante. I hab nur gsagt, daß i heut net mitgeh in d' Kirch.«
Und da sie das erstaunte Gesicht von Adele sieht, fügt sie schnell hinzu: »Weil i a bissl überarbeit't bin. Da wird mir der Weg z'weit.«
Worauf aber Franz sofort wiederholt: »Drum will i 's Wagl eispanna.«
Tante Adele nickt: »Freili!«

Aber Rosalie sagt nein und würde wohl auch ihren Willen durchsetzen, wenn nicht im selben Augenblick der Schiermoser aus dem Haus käme und sagte: »Was is's, Franzl? Eispanna! I muaß schaugn, daß i abe kimm auf Glonn! Markt is! Sinst kaaffan mir dee Bazi dees Besser' weg und lassen nix mehr übri wie lauter Schinderbratn!«
Und er beginnt sogleich mit Rosalie über den Roßhandel zu reden und schwatzt mit ihr, bis Franz das Fuhrwerk gerichtet hat.
Da sagt er: »So, Bua. Jetzt hock auf. Und du, Rosl, hockst di in d' Mitt, und i hab aa no Platz daherent.«
Damit schiebt er auch schon Rosalie zum Fuhrwerk, hebt sie halb hinauf und steigt auf.
Und Franzl tut, als wär nichts geschehen, sagt Tante Adele Pfüagott und fährt weg.
Drunten in Glonn wurlts von Menschen.
Denn es ist Jahrmarkt und Viehmarkt. Auf dem Platz vor der Kirche stehen die fliegenden Stände der Händler, der »Prater« für die Kinder und der Wagen der berühmten Turmseilkünstler.
Hinter dem Postwirtsgarten aber sind in langen Reihen Kühe, Ochsen und Pferde angekettet und harren gleich ihren Besitzern, die einen stumpfsinnig, die andern aufgeregt, auf ihre Liebhaber und Käufer.
Die Kirche ist voll, und der Pfarrer vermag sich kaum durchzuschieben durch die Menge, da er ihr den letzten Weichbrunn und Segen mit auf den Heimweg gibt.
In einem dichten Schwarm ergießt sich die Menge nun in den Gottesacker und hinaus auf den Marktplatz.
Laut lachend und stänkernd kommen als erste die Burschen, ernst und bedächtig redend die Männer. Verstohlen kichernd und zu den Burschen hinschielend die Maidln, in seidenen Gewändern prunkend und über die schlechten Zeiten jammernd die Bäuerinnen und ganz zuletzt, mit sich

selber schwatzend, den Rosenkranz in den knöchernen Fingern, die Alten.

Und drunten beim Unterwirt dampfen die Lungenwürste und der Leberkäs, droben beim Oberwirt duften die Braten und Soßen, und drüben beim Posthalter rollt man einen Banzen um den andern auf den Ganter, und die Kellnerinnen rufen und schreien sich schier heiser: »Kriagst a Maß? Du aa oane? Ös zwee aa a Maß?« Und hinten bei den Barren stehen die Bauern, greifen den Kühen an die Bäuche und den Ochsen an das Genick, schauen den Rössern ins Maul und befühlen ihre Fesseln und Hufe; indes vorne bei den Dultständen wiederum ein Anpreisen und Einladen, ein Markten und Schimpfen durcheinanderschwirrt, daß man sein eigenes Wort kaum mehr hört.

Da plärrt die Lebzelterin: »An süaßen Honigzelten, an Lebzelten, a Busserl, a Platzerl hab i no! Einkaaft, einkaaft, gehts her und suachts enk was aus!«

Und die blecherne Geschirrfrau tut, als bete sie die Litanei von allen Heiligen: »Große Degerl, kloane Degerl, weiße Schüsserl, blaue Schüsserl, Milliweidling, Suppenseiher, Hafadeckel, Nudlpfannen, was geht ab?«

Oder die tucherne Annemirl mit ihren Schätzen!

»Scheene Schmieserl, feine Kragerl, guate Pfoad und warme Strümpf! Ausgsuacht, Leutln! Spitzerln, Knöpf und Hosentrager! Litzerl, Banderl, Fingerhüat!«

Und droben auf dem hohen Turmseil wiegt sich im rosenfarbenen Trikot ein üppiges Mädchen mit Papierrosen in den dunklen Locken und veranlaßt manche Bäuerin und manche Dirn, dem mit lüsternen Augen und wässerigem Maul dastehenden Begleiter einen derben Rippenstoß zu geben und eine Predigt zu halten: »Daß d' fei hänga bleibst da drobn an dem Strick! Schaamst di net! Dees nackate Weibsbild da drobn gafft er o. Aber inseroaner is dees ganz Jahr der Aff . . .«

Und die alten Weiber bekreuzigen sich: »Bruader! Dees is aa so a Nazion! Da is der Antichrist nimmer weit, wenns jetz scho nackat in Himmel auffe steign!«
Die alte Schiermosermutter und ihre Tochter, die Schiermoserin, sind schon in aller Früh fort von daheim. Denn es ist so der Brauch bei ihnen, daß sie immer am Jahrmarktstag zum Tisch des Herrn gehen.
Und so findet man sie jetzt, da die meisten Leute erst anfangen, sich umzuschauen und einzukaufen, schon hochbepackt auf dem Weg zum Postwirt.
Denn dort hat der Schiermoser das Fuhrwerk eingestellt, und die Bäuerin hätt' gern, daß etliches von dem Gekauften auf den Wagen kommt.
Unterwegs treffen die beiden eine entfernte Base, die sie sogleich mit den Worten begrüßt: »Aha, Basln, habts einkaaft fürn Hochzeiter! Wann is's denn scho? Leicht gar am Kirta?«
Die Schiermoserin vermeint nicht recht gehört zu haben.
»Was is's mitn Kirta?« fragt sie zurück.
»Wann daß d' Hochzat scho is, möcht i wissen!« wiederholt das Basl.
»Was für a Hochzat?«
»No, dee vom Franzl!«
Jetzt muß sie lachen, die Schiermoserin.
»Insan Franzl sei Hochzat? Was redst denn jetzt da für an Schwefe' daher! I glaab gar, du hast es nimmer ganz richti da drobn in dein Hirn!«
Die Base tut beleidigt.
»Geh, Herrschaftseitn! Teats do net gar so verstohln! Warum derf denn dees neamd wissen, daß er heirat't, der Franzl?«
Nun werden sie aber wirklich wild, die beiden Schiermoserinnen.
»Jetzt schaugt nur oa Mensch dees narrisch Weibsbild o!«

begehrt die Bäuerin auf. »Die moant jetzt akrat, sie kann oan derblecka! Aber da brennst di, mei Liabe! Da is's weit gfeit!«
Und die Alte meint: »Da müaßat do inseroana aa epps wissen, wenns a so waar! Mir müaßatns überhaupts ehanda wissen wia der Bua selm! Und mir wissen vo koana Hochzeiterin gar nix. Überhaupt gar nix aa! Ham mir no net amal an Gedanka drauf ghabt!«
»Naa, gar nia net!« bestätigt die Junge. »Weils der Bauer no lang net in Sinn hat, 's Übergebn! No lang net! Er net und i net!«
»Und weil si bei ins überhaupts oane schwaar tuat mitn Einaheiratn!« fügt die Großmutter hinzu. »Denn mir stehn net o auf a neue Bäuerin. Warum? Weil *sie* da is – und i da bin – und d' Deandln da sand.«
»Und solang als der Franzl net selm sagt: ›Jetz möcht i heiratn‹, so lang schaugn mir ins aa net um – um a Hochzeiterin!« sagt die Schiermoserin bestimmt.
Da wird das Baserl nachdenklich, schüttelt den Kopf und meint: »Jetzt da schaug her! Da bin i jetz ganz vürn Kopf gstößn! A so gehts, bal ma an Leutn epps glaabt!«
Die beiden horchen auf.
»Warum dees?«
Die Base ist entrüstet.
»Weils wahr aa is! Verzählt mir heunt d' Kramerzenz, daß der Franzl a so a sauberne Hochzeiterin hat – oane von der Stadt außa – a ganz a bsundere. Habs scho glei net recht glaabn wolln! Aber nachher hats d' Schneiderlies und d' Bäckin und d' Wagnerurschl aa für gwiß und wahrhafti gsagt; – no, nachher hab i's halt do glaabn müassn!«
Die Schiermoserin vermeint in den Erdboden versinken zu müssen bei dieser Enthüllung.
Und die Großmutter hat kein Wort mehr vor Entsetzen.

Sie bringt nur noch ein Quieksen und Glucksen heraus und ein in den höchsten Tönen der Entrüstung ausgestoßenes: »Aah! Aah!«
Worauf die Schiermoserin sich langsam erholt und in ein wütendes Schelten ausbricht über dies Geschwätz, über alle Stadtleut, über Scheufleins und besonders über Rosalie.
Und sie verabschiedet sich mit der Drohung: »Dem Gredats mach i a End, dees woaß i! Heut no muaß's mir aus'n Haus, dee Stadtscheesn, die zsammzupfte!«
Während der Schiermoserin dieses widerfährt, hat ihr Eheherr drüben am Viehmarkt ein paar Rösser erstanden und will sie eben einem seiner Knechte übergeben, daß er sie heimweise.
Da klopft ihm jemand auf die Schulter; und als er sich umwendet, steht der Dorfschreiner vor ihm.
»Is guat, daß i di triff, Schiermoser!« sagt er. »Scho lang suach i di alleweil. I hätt epps für di.«
»Für mi?« Der Bauer schüttelt ungläubig den Kopf. »Was eppa?«
Der Schreiner tut vertraulich. »A Einrichtung – a scheene, oachane mit zwoo Spiagel und an Spiaglkastn.«
Der Schiermoser starrt den Schreiner verständnislos an.
»A Einrichtung, sagst? – Ich brauch koa Einrichtung. Mei Haus is eh eingricht. I brauch gar nix.«
»Daß du nix mehr brauchst, dees woaß ma a so. Zwegn deiner sag i's aa net. Aber zwegn dein' Buam, zwegn dein Franzl.«
Der Schiermoser schüttelt den Kopf.
»Xaverl, da bist irr. Mein Franzl braucht aa koa Einrichtung.«
Jetzt wird er deutlicher, der Schreiner.
»Aa net, sagst? Nachher hat leicht *sie* d' Möbel?«
»Wer, sie?«

»Jessas, jessas naa, konn dir der dumm fragn!« ruft nun der Schreiner ärgerlich aus: »Wer, sie! Wer anderscht als wia d' Hochzeiterin vo deim' Buam!«
Der Schiermoser muß lachen.
»Wia hast jetz gsagt? D' Hochzeiterin von mein' Buam hast gsagt? Mei liaber Xaverl, jetz glaab i's , daß dei Verstand a Loch hat. I woaß nix von ara Hochzeiterin.«
Dies ist dem Schreiner aber denn doch zu viel.
»Also, Schiermoser«, sagt er, »i will dir was sagn: Bal sie d' Sach von der Stadt außa bringt – oder bal eppa der Franzl gar hinei heirat in d' Stadt –, nachher woaß ma ja selm, daß's nix is mit meiner Einrichtung. – Aber verstanden, zwegn dem brauchst oan du no lang net a so für an Narrn z' halten und so saudumm daherz'redn! Dees is ja scho epps Alts, daß dene Stadtmadamen 's Bauernsach hint und vorn net guat gnua is! Und daß enk d' Bauernweibsbilder net fein gnua san! Aber leugna brauchst es net, bals a so is!«
Der Schiermoser hat mit wachsendem Erstaunen zugehört. Plötzlich aber geht ihm die Wahrheit auf.
»Von wem redest denn du?« fragt er heiser, obwohl er sich die Antwort bereits denken kann.
Doch diese letzte Frage erzürnt den guten Schreiner so sehr, daß er keine andere Antwort mehr darauf findet, als: »Jetz, da hört si aber do scho all's auf! A so a scheinheiliger Hansdampf!« Worauf er giftig ausspeit und den Bauern einfach stehen läßt.
Der Schiermoser aber vergißt frei, daß er ja Rösser gekauft hat und daß der Knecht dasteht und wartet.
Er starrt stumpfsinnig für sich hin und fragt sich selber zum soundsovielten Male: »Was hat jetzt der gmoant? Daß insa Bua und d' Stadterin – d' Rosl . . . Ja, ist denn der Tropf narrisch!« Der Knecht reißt ihn aus seinem Grübeln und Sinnieren. »Is sinst no epps z'toa, Bauer?«

»Naa«, sagt der Schiermoser und besinnt sich, daß ja die Rösser heim sollen.
»Naa. D' Ross' weis'st hoam und tuast es glei fuattern. Gib eahna aber den hintern Stand, daß s' net zum Fuchsen zuawekemman. Net daß sie si verbeißen.«
Eine Weile schaut er noch gedankenlos dem Gang der Rösser nach, dann wendet er sich langsam dem Postwirtsgarten zu.
»A Maß mag i!«
Das Bier ist nicht schlecht. Aber auch hier hat er bald allerhand Blicke auszuhalten, allerhand Fragen und verdruckte Reden anzuhören, die ihm rasch das Blut gallig machen.
Und so sagt er, da ihn die Kellnerin fragt: »Magst no a Maß, Schiermoser?«, barsch: »Naa. I geh.«
Und macht sich verärgert auf den Weg zum Wagen.
Da findet er schon die Bäuerin samt der Großmutter, blaurot im Gesicht wie zwei Biberhennen und auf ihn losfahrend wie die Hornissen.
»Mach, daß d' einspannst! Daß mir furtkemman von da!« sagt die Junge wild. »I glang jetz. I hab mir gnua ghört!«
Und die Alte fügt bissig bei: »Jetz habts es wenigstens mit enkane Sommerfrischler! Jetzt wißts, was daß dee wolln.«
Der Schiermoser starrt gegen die Dultstände hin.
»Dees is a sauberne Gschicht. Wer hats enk denn verratn?« Aber er hört nicht mehr auf die Antwort hin.
Denn sein Blick hat eben etwas aufgefangen.
Dort vorne, vor dem Stand des Goldschmiedes, da steht sein Sohn, der Franz, hat die Stadtjungfer bei der Hand und zeigt ihr mit dem zuckersüßesten Gesicht einen Ring! Wahrhaftig einen Ring! Der Lottersbub, der miserable!
Die Schiermoserin folgt unwillkürlich den Blicken ihres Eheherrn.
Da sieht auch sie die beiden. Und sie will augenblicklich hin und sie auseinandertreiben! Gleich auf der Stell!

Mit Müh und Not kann sie der besonnenere Bauer davon abbringen, durch einen Streit auf dem Markt die Schande auch noch öffentlich zu machen.
Aber nun drängt sie erst recht aufs Einspannen, die Bäuerin.
»I spann glei ei«, sagt er drauf. »Jetzt muaß i alleweil erst warten, bis s' da sand.«
»Zu was?«
»Noo, zum Hoamfahrn halt.«
Die Schiermoserin schnappt nach Luft.
»Was? Dees Weibsbild willst wieder aufsitzen lassen? Dee Stadtflugga? Dees waar ja glei recht! Ha! Und i als Bäuerin durft laaffa! Naa, mei Liaber! Jetzt tanz' ma amal anderscht uma! Jetzt fahrn mir zwee! Da, Muatta, hock di nur auf! Und i hock mi aa auf. Und bals dir derbarmt, dees Weibsbild, nachher kannst eahm ja a Roß zum Hoamreiten kaaffa!«
Und damit schiebt sie erst die Alte auf den Wagen und setzt sich breit und vollgewichtig mit einem haßerfüllten Blick gegen die beiden nichtsahnenden Menschen auf den Sitz zur Rechten der Großmutter, noch ehe der Bauer das Roß aus dem Stall geholt und eingespannt hat.
Ja, sie läßt nicht einmal mehr ihn aufsitzen! Gebieterisch greift sie nach den Zügeln, nimmt die Peitsche und fährt so scharf an, daß der Braune sich bäumt und die Großmutter laut aufkreischt: »Mariand Josix!«
Und mit fest aufeinandergepreßten Lippen fährt sie davon.
»Narrischer Teife!« murmelt der Schiermoser und schaut ihr nach, bis sie hinter den Häusern verschwunden ist.
Mißmutig wendet er sich darnach zum Gehen, mit den Blicken die beiden suchend, die ihm heute den Tag also verdorben haben.
Aber weder Franz noch Rosalie sind mehr zu sehen.

Und so macht er sich verärgert auf den Heimweg, scheltend über die Leut, über seine eheliche Hausfrau, über die Alte und über die beiden. Was er nur getrieben hat, der Malefizbub, daß die Leut so reden können?
Langsam setzt er einen Rohrstiefel vor den andern, stößt mit dem weichselbaumernen Gehstecken die Steine weg, die ihm in der Bahn liegen, und schaut sinnierend grad vor sich hin auf den Boden.
So kommt er auf die Höhe des Berges.
Da sieht er, wie die Nanndl vom Straßlerbauern mit seinem Sohn, dem Franz, eifrig auf ihn einredend, langsam hinter einem sauberen Fuhrwerk hergeht.
Das frisch lackierte Lederdach der Chaise ist aufgespannt, und so sieht er nicht, wessen Fuhrwerk es ist und wer es lenkt.
Aber daß die Nanndl etwas sehr Gewichtiges mit seinem Sohn verhandelt, das sieht er.
Denn sie redet schier mit dem ganzen Körper!
Und zu guter Letzt schlingt sie gar ihre beiden Arme auf offener Straße um seinen Hals und hängt sich an ihn!
Der Schiermoser pfeift durch die Zähne und wendet sich ab.
Er muß lachen.
»Also a so steht dee Sach mit dem Tropf!« sagt er zu sich selber. »O die Rindviecher da drunt am Markt! Wenns jetzt dees wieder sehng kunnten, nachher hoaßets do morgen ganz gwiß: Der Schiermoserfranzl und d' Straßlernanndl ham si mitnand versprocha! Und dabei is sicherli an dera Gschicht so weng epps Wahrs wia an der andern!«
Er lacht belustigt vor sich hin.
O, er kennt doch seinen Sohn! Der ist doch nicht aus der Art geschlagen!
»Der werds jetzt nachher anderscht macha, als wia's i

gmacht hab als a Junga!« murmelt er. »Bal oana a guater Schmied is, nachher legt er si alleweil z'erscht a drei, – a vier Probiereisen ins Feuer, bis er dees fünfte oder sechste amal wirkli schwoaßt! Und nachher is's oft no z'fruah! Recht hat er, der Franzl!«

Langsam dreht er sich wieder den beiden zu und sieht nun, wie das Fuhrwerk vor dem Hof des Straßlerbauern hält, wie die Rosel absteigt und sich bei der Nanndl bedankt, und wie sie darnach lachend und schwatzend mit dem Franzl zu Fuß weitergeht, indes die Nanndl noch eine Weile wie angenagelt am Fleck stehen bleibt, die Fäuste ballt und schließlich dem Gaul etliche derbe Schläge in die Weichen versetzt, so daß er erschreckt auffährt und scheut.

Und wenn nicht der Schiermoser grad rechtzeitig hinkäme zum Anhalten, könnte es wohl leicht geschehen, daß ihr das Roß noch vor der Stalltür durchginge!

So aber verläuft die Geschichte noch gut, und der Schiermoser weist ihr das zitternde Pferd in den Hof, indem er sagt: »Daß d' gar so grob bist, Nanndl! Was hat er dir denn to, mei Franzl, daß d' an solchen Gift hast auf eahm?«

Die Nanndl lacht ein verlegenes, geziertes Lachen.

»Ja freili! Grob wer i nachher sei! Wenn oan der Häuter aufn Hax auffe tritt!«

»Was für a Häuter?« fragt der Alte verschmitzt. »Hoaßt er eppa Franzl?«

»Ah geh, hör auf mit dein Gredats!« erwidert ihm die Nanndl zwischen Lachen und Zorn. »I woaß's gar net, was d' willst mit dein' Franzl!«

»I scho«, meint der Bauer und schickt sich zum Gehen an. »I woaß's guat, was i will mit eahm. Und jetzt pfüati Good.«

»Du woaßt es freili, du alter Lapp!« murmelt die Nanndl

verbissen. »Nix woaßt! Wennst aber wissen tatst, was i will mit dein' Franzl . . .«
In tiefes Sinnieren versunken, spannt sie das Roß aus und weist es in den Stall.
Der Schiermoser aber trabt jetzt wieder ganz munter seine Straße dahin.
Also die Nanndl hätt ein Aug auf den Buben!
»Mei, dees ko ma si ja amal a Zeitl überdenka!« meint er für sich. »Und wenn si koa Besserne net findt, nachher is dee aa recht. I schatz s' alleweil auf a dreiß'gtausend Mark, d' Nanndl.«
Er schaut den Weg geradeaus. Dort, ganz vorn an der Martersäule geht er, der Bub.
Und hat die Rosel wahrhaftig um den Leib gefaßt.
So ein Hallodri!
Sogar der Stadtjungfer verdreht er den Kopf!
Ist übrigens schad, daß sie eine Städtische ist, die Rosl.
So ein riegelsames und tüchtiges Weibsbild muß es nimmer gebn landauf und landab!
Weiß der Teufel, wenn sie von den Bauern herstammen tät . . . er wär gar nicht so sehr dawider, daß der Franzl und sie . . .
Aber sie stammt ja von dieser alten Stadtmadam her!
Und hat sicherlich keinen Pfennig Geld!
Nein, sicherlich nicht.
Aber sonst ist sie ein Weibsbild, wie man sich nur grad eins wünschen kann! Und beim Zeug! In der Arbeit! Am Feld und im Haus, im Stall und mit den Rössern!
»Und gstellt! Sakramentisch guat gstellt!« lobt er, der Alte.
»Die hat net grad Holz bei der Hütten! Da is Reiser aa hiebei!«
Er wird ordentlich jung bei dem Gedanken; und sein Tritt wird immer rascher.

So kommt es, daß er die beiden vorne beim Wegkreuz einholt. Franzl ist einen Augenblick verlegen, da der Alte plötzlich neben ihm hergeht; eine brennende Röte fährt ihm übers Gesicht.
Rosalie aber ist vergnügt und ganz anders als am Morgen.
»Gehts scho hoam?« fragt der Alte wohlwollend.
»Ja«, erwidert ihm Rosalie, »ma hat allemal glei wieder gnua an dera Gaude.«
Und mit einem leisen Lachen fügt sie bei: »Mir gehts mit der Pratermusik und mit dera ganzen Gaude grad wia mitn Kindergschroa: A Zeitl kann i's hörn und nachher nimmer.« Der Schiermoser schielt sie betrachtend an.
»Sakra, is scho a mentisch mannigs Weibsbild!« denkt er. Laut aber sagt er: »Da derfst aber nachher net ans Heiratn denka, balst 's Kindergschroa net hörn kannst!«
»Ja no, mit dee eigna Kinder is dees wieder epps anders«, erwidert Rosalie, verlegen werdend.
»A so moanst. Werd eppa a so nimma recht lang osteh, bis d' aa ans Heiratn denkst?«
Franz horcht auf. Was hat er denn, der Vater?
Aber Rosalie geht plötzlich ganz ernsthaft auf die Frage des Alten ein und sagt ohne weiteres: »Ende November wird wohl mei Hochzeit sein.«
Jetzt ist es am Schiermoser, aufzuhorchen.
»Was? Du heiratst im November?«
»Ja. D' Mutter meint halt, je ehnder, desto besser.«
»Heiratst oan vo der Stadt?«
Rosalie verzieht den Mund zu einem bitteren ironischen Lächeln. »Natürli an Stadtherrn! Wos moanst denn, Vater! Für an Bauernburschen is doch unseroana nix! Dees werd enk ja in der Schul scho predigt, daß d' Stadtmadeln nix taugn!«
Franz fährt erregt auf. »Red net so grob daher, sag i!«
Und auch der Alte widerspricht ihr.

»Dees is net wahr, Rosl. Dees kimmt ganz drauf o. Bal oana a solcherne kriagn ko, wiast du oane bist, nachher derf er si d' Finger abschlecka, bis zu de Ellabogn hintre! Jawoi! I wollt, mei Franzl bracht mir amal a so a richtigs Leut eina, wias du oans bist!«
Rosalie ist glühend rot geworden. Das sieht ja beinahe aus, als obs dem Schiermoser gar nicht unrecht wär, wenn sie statt ihres Assessors den Franzl als Eheherrn wollte!
Schade, daß man schon bei der Haustür angelangt ist!
Wer weiß, ob nicht doch noch das Schicksal . . .
»Wahrhafti kimmt er mit dem Weibsbild daher!« plärrt in dem Augenblick drinnen im Haus die Schiermoserin. »Is no net gnua, daß d' Leut redn über dee Schand – naa, er, der alt Latierl muaß aa no selber mittappen! Aber i hilf enk scho. Allsamm mitanand hilf i enk! Dir und dem Rotzer und dera Stadtscheesn! Und der alten Schmuserin da drobn erscht recht! Heunt no müaßns mir ausn Haus! Heunt no!«
»Ja, was is denn jetz dees . . .?«
Die drei sind wie vom Donner gerührt über diese Begrüßung.
Aber die Schiermoserin gibt ihnen Gelegenheit, sich zu sammeln.
Mit einem wilden Scheltwort schlägt sie die Haustür zu und stößt den Riegel vor.
Rosalie ist die erste, die sich fassen kann.
»I moan, die Ursach von dem Wetter kenn i!« sagt sie. »I kann mirs denken, wo der Wind herwaaht! Da is z' Glonn am Markt was ganga! Da hat jemand falsch eingsagt!«
Der Schiermoser ist ärgerlich. »Ah freili! Dees narrisch Weibsbild! Freili hams ihr falsch eingsagt! Und sie, 's Rindvieh, 's alte, glaabt alls. I möcht nur grad wissen, wers aufbracht hat, dees saudumme Gredats!«

»Was für a Gredats?« fragt Franz, dem die Zornröte auf dem Gesicht brennt.
Der Alte wehrt verächtlich ab. »Ah was! Is ja net wert, daß mans nachsagt! Is ja die hellichte Dummheit, was die Karfreitaratschena drunt verzähln!«
Franz will es ungestüm wissen. »Was is nachher dees?«
Der Schiermoser muß lachen.
»Daß du und d' Rosel mitanand versprocha seids! Daß's bald Hochzat machts!«
Franz wird einen Augenblick ganz kreidebleich. Dann schießt ihm abermals brennende Röte ins Gesicht.
»Ja ... und ...?«
Er schaut unsicher auf Rosalie.
Die steht gleich ihm mit heißem, brennrotem Kopf da.
»Und ... was wirds lang ›und‹ sein!« sagt sie rauh. »Des wißts es ja, daß i scho oan hab, an Hochzeiter! Da gibts koa Und und koa Aber. Bloß dei Muatta sollt net 's Troad scho dreschn, bevors g'maaht is, moan i.«
Damit geht sie an die Stalltür, öffnet das Gitter, läuft rasch hindurch und hinein ins Haus, hinauf zur Rätin.
Die alte Dame liegt auf dem Sofa in Weinkrämpfen, und Tante Adele bemüht sich, ihr Linderung zu verschaffen.
»Es ist ein Skandal!« wimmert die Rätin. »Es ist unerhört! Wenn das der Assessor erfährt!«
»Na ja, dann erfährt er's halt«, entgegnet Adele gleichmütig. »Übrigens erfährt er's sicher nicht. Wer soll's ihm denn sagen? Und rauskommen tut der sicher nicht nach Berganger. Davor sind wir sicher.«
Die Rätin schluchzt wie ein Kind.
»Daß ich eine solche Schande erleben muß! Läuft mir das Mädchen als Braut Tag für Tag mit diesem Burschen herum, läßt sich von ihm duzen und tut, als wäre sie seine ... seine ... Magd ... oder ... seine Geliebte! Die Schande! Das Unglück!«

Rosalie steht schon eine Weile an der Tür. Jetzt tritt sie vor.

»Ja, was gibt's denn? *Was* ist eine Schand? *Was* ist ein Unglück? Daß ich drunten mithelfe? Daß ich gut auskomm mit dem Vater und den Kindern? Daß ich ein bißl Lieb empfinde für den Franzl? Mein Gott, Mama! So arg ist doch das Unglück nicht! Was ist denn dabei? Und außerdem ist mir der Franzl viel, viel wertvoller und lieber als mancher Stadtherr!«

Die Rätin schreit auf. Aber Tante Adele drückt ihr eine kalte Kompresse aufs Herz.

»Na, na, na, Schwägerin. Nur nicht gleich so aufgeregt. Nur Ruhe! Ich muß schon auch sagen: Ein gar so großes Unglück wär' es sicher nicht, wenn Rosalie statt ihres adeligen Verlobten den reschen Burschen . . .«

»Um Gottes willen! Adele! Kein Wort weiter!« ruft die Rätin und vergißt ihren Herzkrampf. »Meine Tochter und ein Bauer! Mein Gott! Wenn das meine armen Eltern erlebt hätten!«

»Dann wärns um vieles leichter gstorbn, glaub ich«, entgegnet ihr Adele lächelnd, »denn dann hättens doch wenigstens die Hoffnung mit ins Grab gnommen, daß es dem Mädl sein Lebtag nicht schlecht geht.«

Die alte Dame hält sich die Ohren zu.

»Mein Gott, mein Gott! Was redest du! Die Schande! Die Schande!«

»Schande!« sagt Adele verächtlich. »Schande. I weiß net, was mehr Schand is: wenn die Rosel als die Frau Gemahlin eines leichtsinnigen Adligen Schulden machen müßt, oder wenn sie als angsehene Bäuerin über fünf, sechs Knechte und über grad soviel Mägd 's Regiment führn könnt! – Ich will ja dein'm Assessor gwiß nix weg tun. Aber, wie gesagt: Wenn der Fall eintreten tät, daß der Franzl die Rosel . . .«

»Niemals!« ruft die Rätin in höchster Erregung. »Niemals!

Solange ich ein offenes Auge habe, gilt unsere Tradition!«
Rosalie steht wie mit Purpur übergossen da und weiß keine Antwort, keine Gegenrede, keinen Trost für die Mutter ... für sich selber ...
Und Tante Adele ist plötzlich so grausam gegen die alte Dame; so ohne jegliches Mitleid und Verständnis für ihre Gefühle! Sie lacht!
Lacht, daß ihre altmodischen Ringellocken über den Ohren erzittern, und sie ruft: »Tradition! Sag doch gleich Ahnenstolz! – Und das gute Ding, die Rosel, soll wohl dem ganzen Klimbim auch noch Weihrauch streun und ihr Glück opfern? Nein, meine liebe Schwägerin, das gibt's nicht. Solang ich leb, nicht. Ich weiß genau, was dein Mann, mein Bruder, Gott hab ihn selig, aufm Todbett gsagt hat zu mir: ›Adele‹, hat er gsagt, ›Adele, gib mir aufs Roserl acht. Schau mir auf die Kleine. Laß mir keine Marionette draus machen. Keine Jammerliesl! Sorg du, daß was Gscheits draus wird aus ihr. Und aus den andern. Schaug, daß jede ihr Glück macht‹, hat er gsagt. Bsonders d' Roserl. Also. Bsonders d' Roserl. Was willst denn eigentlich? Was kommen muß, kommt ja doch. Und der ihr aufgsetzt is, den kriegts.«
Aber die Rätin will nichts hören. »Nein, nein, nein!« ruft sie ein übers andere Mal aus. »Und ich dulde es ganz einfach nicht! Rosalie ist die Braut des Assessors, heiratet den Assessor und reist im übrigen am Mittwoch mit mir ab! Soo. Wir wollen sehen, wer hier zu reden hat. Das fehlte mir noch! Meine Tochter mit einem Bauern ...«
Sie steht energisch auf und will an die Tür.
Aber mit einem Schmerzensruf sinkt sie wieder aufs Sofa zurück. Ihre Gicht!
Schon die ganzen Tage her hatte sie Schmerzen gehabt. Aber jetzt, auf einmal, überfällt sie das Leiden mit Gewalt. Und so bleibt ihr nichts anderes übrig, als gebieterisch zu

sagen: »Geht. Ich will allein sein!« und darnach wieder weiter zu weinen.

Also verlassen die beiden das Zimmer, Adele vergnügt und selbstzufrieden, Rosalie gedrückt und elend.

Denn sie weiß selber am besten, wie es um sie steht.

Was die Schiermoserin einmal im Kopf hat, das muß sie auch ausführen.

Und da sie einen großmächtigen Zorn auf ihre Sommerfrischler, einen tiefen Groll über die Rätin und ihre Tochter im Herzen hat, so muß sie demselben Luft machen.

Gleich auf der Stelle.

Es nützt gar nichts, daß Franz und der Bauer ebenfalls durch den Stall ins Haus gegangen sind und nun der »narrischen Alten« die Leviten lesen; sie macht die alte Rätin nun einmal verantwortlich für allen Ärger; ist davon überzeugt, daß sie ihre Tochter bloß zu dem Zweck nach Berganger gebracht hat, um sie zur Schiermoserin zu machen, und sie muß derselben sagen, was sie sich über sie denkt.

Also rennt sie geraden Wegs hinauf zur Rätin und steht unversehens mitten in deren Stube.

Die alte Dame liegt immer noch leise weinend auf dem Sofa.

»I hab epps z' reden mit enk!« sagt da die Schiermoserin.

Die Rätin fährt in die Höhe: »Frau Schiermoser?!«

Die Bäuerin schluckt ihr wildes Herzklopfen hinunter.

»I frag enk, obs ös koan andern Hochzeiter nimmer gfunden habts für enka Deandl als wia mein Buam?«

»Waas? Was sagen Sie?«

»Obs ös koan andern nimmer gfunden habts zum Heiratn für enka Rosl als wia mein Buam, hab i gfragt!«

Sie steht da, die Bäuerin, wie ein Posaunenengel des Letzten Gerichts.

»Was sagen Sie da? Meine Tochter und Ihr Sohn sollten . . .? Ja, aber das ist ja gerade die Ursache . . .«

»Was für a Ursach is dös?« fährt ihr die Schiermoserin wild dazwischen. »Dees is überhaupts koa Ursach net! Habts mi verstanden? Überhaupts koane! Indem daß i dees ganz oafach net geduld! Indem daß dees a Niedertracht is! Dees is der Dank dafür, daß ma enk herfuattert den ganzen Sommer über; daß 's oan 's Haus ausschnuffelts und den eigna Buam seine Leut abspensti machts! Eingfadlt habts'n, und enka hoamtuckischs Madl, enka Rosl, wollts eahm ohänga als Bäuerin! Aber oha! I bin scho aa no da! I schiab enk an Riegel für die Tür! Dees glaab i! Dees war freili a gmaahte Wiesen für enk! A reicher Bauernbua und a scheena Hof! Naa, mei Liabe! Da werd nix draus. Da schaugts enk nur wo anderscht um. A anderna Muatta hat aa a liabs Kind. Aber mir zwee ham ausdischbetiert mitanand. Es ist mir liaber, ös schaugts enk wo anderscht um zwegn der Sommerfrischn. Bei mir is koa Platz nimmer für enk, daß ihrs wißts.«

Sie setzt nicht ein einziges Mal ab in ihrer Rede; sie sieht nicht das Entsetzen, die starre Verwunderung der Rätin; sie läßt sie auch nicht zu Wort kommen, da die alte Dame ihr versichern will, sie sei unschuldig an dem Verbrechen, dessen man sie hier zeihe!

»Aber, liebe Frau, ich bin doch selbst ganz der Ansicht, daß es ausgeschlossen ist, daß meine Rosalie . . .«

»Dees is mir ganz wurscht, was daß ös für a Ansicht habts. I sag enk grad so viel und net mehra: Solang i a offens Aug hab, kriagt mir der Hof koa anderne Bäuerin als wia dee, dee wo mir paßt. Und es is mir liaber, ös verschwindts bald wieder. Soo. Gredt hab i.«

Und damit ist sie auch wieder draußen. Die Rätin ist so entsetzt und vor den Kopf geschlagen, daß sie sich überhaupt erst besinnen muß, wo sie ist und was eben war.

Erst allmählich formt sich in ihr das Chaos zu einem Ganzen.
Also, diese verrückte Person, diese Schiermoserin, glaubt tatsächlich, daß sie, die Rechtsrätin Scheuflein, ihre Tochter an diesen Sohn, diesen Klotz, diesen Bauern verschachern wollte!
Sie muß trotz Gicht und Ärger lächeln.
»So was kann nur einem Bauerngehirn einfallen! Aber . . .«
Sie wird wieder ernst.
»Das kommt davon, weil dies leichtfertige Mädel Tag für Tag bei dem Burschen steckt! Ihm am Ende gar den Kopf verdreht! Schauderhaft! Wenn das der Assessor wüßte . . .!«
Sie beginnt, trotz ihrer Schmerzen, in der Stube auf und ab zu humpeln.
»Das hat man nun davon. Am besten ist es, wir reisen so rasch als nur möglich ab. Dann wird gleich Ruhe sein.«
Bei diesem Gedanken wird auch sie selber wieder ruhiger, erinnert sich ihrer Gicht und legt sich seufzend wieder aufs Sofa.
Indes die Schiermoserin drunten in der Kuchel werkt wie ein Gockel, der eben seinen Gegner flügellahm gemacht hat.

10

Andern Tags. Es mag so gegen drei Uhr morgens sein.
Die Schiermoserin steht sonntäglich angekleidet in ihrer ehelichen Schlafkammer und überrascht ihren Gemahl mit dem Morgengruß: »He du! Daß d' es woaßt, i fahr heunt auf Reisertal ume. – Werds scho firti werdn ohne mi. Habts ja a so die ganz Gscheite da – enka Stadtmadam!«
Der Schiermoser vermeint, er hätte nicht recht gehört, dreht sich ein paarmal hin und her, wischt sich mit der

Hand über die Augen und sagt: »Jetz hat mir traamt, glaab i.«
Aber die Bäuerin läßt ihn nicht aus den Zähnen.
»Daß i auf Reisertal umefahr, hab i gsagt!« wiederholt sie. »Da braucht dir gar nixn z' traama! Und bals enk hungert, werd enk d' Stadtfrailein scho aufwartn! Schmeckt enk a so nimmer recht, bal i koch!«
Jetzt wird er allmählich munter, ihr Eheherr.
Und er beginnt langsam mitzudenken mit ihrer Rede.
Aber es fällt ihm keine Gegenrede ein; bloß das Wort »Rindviech« kreist in seinem Hirn herum und plagt ihn so lange, bis er es endlich laut und gewichtig ausspricht: »Rindviech!«
Und nachdem er es ausgesprochen hat, kann er weiterdenken und sich zur Frage aufraffen: »Zu was muaßt jetz du mitten in der Arnt auf Reisertal? Mitten an ein' helllichten Werktag?«
Es wird ihm aber nur der kurze Bescheid: »Halt aa. Weils mi gfreut.«
Und so muß er sich mit der Tatsache abfinden, daß heute einmal ohne die Schiermoserin hausgehalten werden soll.
Er tut's auch, sagt gähnend: »Ja no; balst moanst, du muaßt, nachher fahrst halt. I halt di net auf!«, steht langsam auf und zieht sich gemächlich an.
Dann geht er hinüber zur Schlafkammer seines Sohnes und berichtet ihm die Neuigkeit mit den Worten: »Dei Muatta muaß auf Reisertal heunt. Sie moant, ob d' Rosl net kocht. Eppan sagst es eahm. Du konnst besser umspringa mit dene Stadtleut.«
Franz ist zwar nicht wenig erstaunt, zu hören, daß seine Mutter unter der Erntezeit und noch dazu an einem Werktag fortfährt; weil aber der Reisertaler ein sehr guter Freund der Schiermoserischen ist und besonders die Weiberleut immer Leid und Freud miteinander trugen, so

denkt er weiter nichts dabei und erwidert bloß: »I werds ihr sagn, der Rosel.«
Da es aber erst gegen vier Uhr morgens ist, wird ihm der Weg zur Schlafstube der Sommergäste doch hübsch sauer, und er überlegt lange, ob er nicht lieber eine von den Mägden daheim lassen soll, damit sie koche und melke und sich ums Haus kümmere.
Die Schiermoserin ist derweil drunten in das kleine Gäuwagerl gestiegen, hat sich von einem Knecht die Zügel reichen lassen und treibt nun den alten Schimmel zur Fahrt an: »Wüah! Ziag o, Alter! Werst wohl d' Schiermoserin vo Berganger no vom Fleck bringa!«
Im selben Augenblick öffnet sich in der Kammer der Großmutter ein Fenster, und die Alte streckt ihren mit einem geblümten Tuch umwickelten Kopf heraus: »Ja, was is's denn?«
»A nixn!« tönt's abweisend zurück.
»Wo fahrst denn hin?«
»Zum Reisertal.«
»Ja, warum denn dös?«
»Weils Zeit is zum Zuabaun ... bevor a Unkraut wachst auf insan Acka!«
»Moanst du dee ander?«
Sie deutet mit dem Kopf nach der Seite, wo die Sommergäste wohnen.
Die Schiermoserin nickt hastig: »Mhm. – Es kimmt ma a so vür, als wenn anorts wo a kloans Feuer auskemma waar. Und da muaß i eppan hol'n zum Löschen, bevor's z' groß werd.«
»Du moanst oane vom Reisertaler ...?«
Die Schiermoserin schlägt dem Gaul die Peitsche über die Schenkel. »Vielleicht ... Wern mir's scho sehgn ... Wüah, sag i, alter Teifi ...«
Und dahin ist sie.

Die Großmutter schaut ihr noch einen Augenblick sinnierend nach und schließt danach das Fenster, indem sie murmelt: »I hab mir's ja glei denkt! – Epps Guats ham die gar nia net im Sinn, dee Stadterer. – Aber auf insern Hof da spitzens umasinst. – Da san mir aa no da und ham a Wörtl zu reden.«
Und mit dem Seufzer: »Ha, daß denn der Franzl gar so dumm is!« legt sie sich nochmals aufs Bett.
Franz hat inzwischen immer überlegt, ob er nicht doch lieber eine Magd zum Melken kommandieren soll; da hört er die Tür der Schlafkammer Rosaliens knarren.
Im Augenblick ist er draußen und steht vor dem verlegen lächelnden Mädchen, das fix und fertig angekleidet ist und leise sagt: »Dei' Muatta is furtg'fahren, und da denk i, es könnt net schaden, wenn i a bißl dazuhilf zur Arbeit. – Wer melcht denn?«
In Franz gärt's und wurlt's: Herrgott, ist das ein Maidl! – Wär das eine Bäuerin! . . .
»I hab mir denkt, d' Nanndl oder d' Lies werd scho melcha«, lügt er vor Verlegenheit, denn er weiß, daß keine von den Weibsbildern, weder von den Töchtern noch von den Mägden, gern melkt.
Aber Rosalie sagt fest: »Dees braucht's net. Nehmt's es nur mit aufs Feld naus, alle. Bloß zum Fuattern soll oans dableiben.« Und so bleibt ihm nichts anderes übrig, als mühsam die übermächtigen, närrischen Gefühle zu unterdrücken und heiser zu murmeln: »Is scho recht.«
Da sie aber so flink über die Stiege hinabtrippelt, packt's ihn aufs neue, und er ist mit ein paar Sprüngen bei ihr.
»I bleib selber da zum Füttern!« sagt er, und mit einem Gesicht, als hätte er eben zwölf Bauern unter den Tisch geschlagen, geht er in den Stall, gefolgt von Rosalie.
Und so beginnt die Rechtsratstochter diesen Tag gleich einer jungen Bäuerin mit schwerer Arbeit.

Aber nicht lange währt es, da kann Franzl sich nimmer bezwingen.

Mittendrin, während sie draußen in der Speiskammer den Rahm und die Milch verwahrt, ist er bei ihr.

»Rosel!«

»Franzl?«

»I muaß dir epps sagn!«

»Was möchtst denn?«

Sie muß achthaben, daß sie nichts aus den Schüsseln danebengießt.

Aber der Bursch weiß sich nimmer zu helfen.

Auf Ja und Nein hat er ihr die große Kanne aus der Hand gerissen, hat Rosel wild und fest in seine Arme gepreßt und in närrisch auflodernder Leidenschaft geküßt – ein, zwei, drei, ungezählte Male.

Und er nennt sie seine Bäuerin, sein liebstes Weib.

Faßt sie mit seinen Armen und trägt sie hinein in die Stube: »... Rosel ... Madl ... mei Madl ... «

Rosalie ist wie betäubt, wie von einem Traum umfangen.

Plötzlich aber besinnt sie sich – erwacht.

»Franzl! Ums Christi willen! Bist denn du narrisch wordn. I ... und ... du! – Dees gibt a Unglück, Bua! Denk an dei Muatta und denk an die mei ... und ... denk ... daß i ja scho oan ... verspracha bin ...«

Mit einem wilden Aufweinen stößt sie ihn von sich und rennt davon – hinaus in die Tenne – hinauf in den Heuboden. Aber der Bursch ist rasch hinter ihr und läßt sie nimmer aus den Händen.

Und sein Werben um sie wird immer heißer, seine Stimme immer leiser, seine Arme umschließen das erbebende Mädchen, und er hört nicht auf, zu bitten und zu betteln, bis endlich der Widerstand Rosaliens gebrochen, bis sie damit einverstanden ist, ihm anzugehören als sein liebes Weib, seine Bäuerin.

Und da die beiden endlich daran denken, ihr Tagwerk in Haus und Hof wieder aufzunehmen, da lacht ihr Mund und lachen ihre Augen.
Rosalie aber vermeint, die Sonne wär' nie schöner aufgegangen als an diesem Morgen, da der Franzl mitten unterm Füttern einen langen Juchzer ausstößt und sie danach lachend seine Madam Bäurin nennt.
Und sie denkt, es möcht wohl gut sein, mit dem kernfrischen Burschen hier zu hausen als das, was er sie lachend eben nannte: als Madam Schiermoserin von Berganger.

11

Unterdessen steigt der Tag höher, und die Schiermoserin ist bald am Ziel ihrer Fahrt.
Vor dem stattlichen Hof des Reisertaler Einödbauern hält sie den Schimmel an, steigt bedächtig und sittsam ab und führt danach das Roß gegen die Stalltür.
Da tritt auch schon der Reisertaler aus dem Haus und unterdrückt mit Gewalt seine Verwunderung und Wißbegier wegen des unverhofften Besuches.
Aber die Schiermoserin entwickelt System.
»Grüaß di Good, Vetter!« sagt sie aufgeräumt und klar wie ein frischer Bergbach. »Gell, wunderst di, daß i so unvermoant daherkimm! – Aber, woaßt, a paar Kirtasäu möcht ma uns zügln, und da will i di frag'n, obst uns net a paar Fakei hast oder woaßt.«
Und sie schirrt dabei den Schimmel aus, als ob es selbstverständlich wäre, daß hier Mensch und Vieh eine freie Gaststätte bekommen können zu jeder Stund – führt ihn in den Stall an einen leeren Roßstand und wendet sich wieder an den ihr folgenden Bauern: »Sakra – aber sauber hast dein Stall beinand! – Scho so sauber, daß's a wahre

Freud is! Dees scheene Viech! Und so foast oans wias ander! – Hast no tragade aa dabei?«
Sie tritt hinter die lange Reihe wohlgenährter, gleichfarbiger Kühe.
»Aha. Jawoi. – Vo dera werst eppa bald 's Kaibe kriagn, ha? – und die da tragt aa nimmer lang, wähn i. – Aha. Bis in a vierzeha Täg, sagst. Aha. – Und enkan Bummel habt's aa no alleweil. Aber die zwo Ochsen, moan i, san neu, gell?«
Der Reisertaler gibt ihr bereitwillig auf alle Fragen Antwort.
Ist er doch selber ganz vernarrt in sein Vieh! Gilt er doch rings umher im ganzen Gau als der reichste und beste Bauer, dessen Stall und Scheune als ein Muster bekannt sind weit und breit! Während sie nun so schwatzen, kommen sie auch zurück zu den Schweinen, und die Schiermoserin beeilt sich, dem »lieben Vetter« nochmals ihre Bitte wegen der Ferkel vorzutragen.
Da geht die Stalltür, die nach dem Hausflöz führt, hastig auf, und herein kommen nacheinander unter lauten Ausrufen der Verwunderung und Freude die alte Reisertalerin, ihre älteste Tochter und ihre jüngste.
Ihre mittlere ist bereits seit Jahresfrist irgendwo in der Nähe eine schwere Bäuerin.
»Ja, Basl! Was für a Wind hat denn di heunt zu ins herg'waaht? Werd do – wie Gott will – a guata sei?«
Sie sind sehr fromm, die Reisertalerischen.
Die Schiermoserin begrüßt jede einzelne sehr umständlich und herzlich, bewundert das gute Aussehen aller, sagt ihnen so viel Lob und so viel Hübsches, daß jede sich selbst wie ein gottbegnadetes höheres Wesen vorkommen würde, wenn sie es aufmerksam anhören und überdenken wollten – und berichtet auch ihnen endlich den Zweck ihres Herkommens.

Dabei läßt sie es willig geschehen, daß man sie aus dem Stall führt und in die Eßstube geleitet und daß man ihr eine Schale guten Kaffees vorsetzt nebst einem frischgebackenen Hefenkranz. Und sie lobt das gute Gebäck und fragt, wer es zuweg gebracht hätte.
Die Reisertalerin senkt demütig die Augen: »Gell, schmeckt er dir, der Kranz? Insa Marai hat'n bacha. Ja, ja. Sie kocht überhaupt recht guat, insa Marai.«
Und abermals senkt sich ihr Blick nach einem kurzen, frommen Augenaufschlag; denn sie hat dies so in der Gewohnheit. War sie doch lange Jahre Mesnerin gewesen in der Wallfahrtskirche Unserer Frau vom Reisertal und hat dabei gelernt, wie man die Lider heben und senken muß, um dem lieben Herrgott wohlgefällig und dem Herrn Pfarrer angenehm zu sein.
Der Schiermoserin freilich erscheint es im stillen höchst überspannt und sogar recht dumm, daß die Base, wie man sie kurz nennt, sogar dann so heilig dreinschaut, wenn sie von ihren Hühnern und Säuen erzählt, und daß sie jetzt kein Blaukraut mehr pflanzt, weil ihr auch heuer wieder die Deixelsraupen alles, Butz und Stiel, zusammengefressen haben.
Auch die eine von den Töchtern hat schon dies fromme Senken und Heben des Blickes; die Schiermoserin schließt daraus, daß sie wahrscheinlich jetzt in Diensten Unserer Lieben Frau steht und gewiß viel eher zu einer Nonne als zu einer Bäuerin taugt.
Sie betrachtet also um so aufmerksamer die jüngste, das Marai.
Denn sie will nicht nur ein paar Ferkel für die Kirchweih, die gute Schiermoserin, sondern auch eine Hochzeiterin für den Franzl.
Bevor ihn dieses Weibsbild – diese Stadtmamsell, noch ganz kopfscheu macht!

Bei dem Gedanken an Rosalie steigt wieder die ganze Abneigung und Verachtung gegen alles Städtische und ganz besonders gegen ihre Sommergäste in ihr auf.
Und sie kann nicht anders, sie muß anfangen, davon zu reden und sich bitter über sie zu beklagen.
Ganz allgemein beginnt sie. Aber sie redet sich immer mehr in ihren Zorn hinein und wird zu guter Letzt so ausfallend gegen die Tochter der Rätin, daß die Reisertalerin samt ihren Töchtern gar bald weiß, woher der Wind weht.
Nun ist es aber schon längst der stille Wunsch der Reisertalerin, der Franzl möcht einmal um eine oder die andere anhalten von ihren Mädchen.
Da käm ihnen so eine Stadtdocke grad recht! Schau, schau! Um den Schiermoserhof tät sich so ein landfremdes Frauenzimmer bewerben wollen! Sonst nichts mehr?
Der Reisertalerin wird ganz warm bei dem Gedanken daran.
Sie vergißt ganz, ihre Augen zu senken, und kann es im Sitzen kaum mehr erleiden.
»Geh, Schiermoserbasl!« sagt sie aufstehend. »I hätt a kloane Frag an di! Magst net amal a bißl mit mir in d' Höch auffe geh?«
Grad will die Schiermoserin, nachdem sie ihren Kaffee bedachtsam ausgelöffelt und mit dem letzten Kuchenbrokken die Brösel sauber zusammengelesen und mitgegessen hat, dem Basl vollends ihr Herz ausschütten und daran anknüpfend ein wenig auf den Busch klopfen wegen einer Verbindung ihres Sohnes mit dem Marai – da kommt die Bitte der Reisertalerin.
»Herrvergeltsgott«, denkt da die gute Schiermoserin. »Es steht guat um mein Habern! I moan, i mach heunt no a paar Hochzatleut!«
Und sie folgt bereitwillig der andern über die Stiege hin-

auf, bewundert die Sauberkeit des Hauses, den Blütenreichtum der Blumenstöcke und die Pracht der Einrichtung in der Künikammer.
»Schee hast es beinand, dei Sach!« sagt sie immer wieder. »Wirkli schee, des muaß ma sag'n. – I wollt, i kriagat amal a Schwiegertochter eina ins Haus, die ihra Sach a so beinand hätt wie du und deine Dirndln!«
Die Reisertalerin lächelt ihr frömmstes, demütigstes Lächeln. »Mei, derfst dir ja grad oane außasuacha, die wo a so is«, meint sie; »waar oft a diam oane froh, bals in an scheen' Hof eine kaam ...«
»Ja ja. Dessell scho ...«, entgegnet die Schiermoserin. »Aber so sauber, wie's ös enka Zeugl beinand habts, a so find't man's nimmer landauf und landab. Woaßt – so a deinige Tochter ... wie eppa dei Marai ... woaßt – dees war scho ehander eppas. Da wüßt ma halt, daß ma sei Sach neamd unrechten net gaab ... Gar bei enkana Marai ...«
Die Reisertalerin senkt ihre Augen immer tiefer und hebt sie danach, wie wenn sie etwas suchen wollte, was droben in der Weißdecke verborgen ist.
Und dann seufzt sie: »Ja no. A bravs Deandl is's ja aa, insa Marai. Und schiach is's aa net. Und notig dran is's wieder net. – Der wo dee amal kriagt, der derf unsern Herrgott alle Tag auf dee Knia danka ...«
Die Schiermoserin hat ihr bei jedem Satz Beifall zugenickt; da aber die Base den letzten ausspricht, zuckt sie doch zusammen. Ihr Sohn, der Franz, müßt sich auf den Knien ... Wegen des Reisertalergelds! – Und wegen dieser Aussteuer! Oder etwa wegen des Frauenzimmers, der Marai! Wahrhaftig, die Schiermoserin fühlt sich beinahe versucht, der Reisertalerin eine grobe Antwort zu geben.
Beinahe. Denn zum Glück fällt ihr bei dem Gedanken »Frauenzimmer« eine andere ein. Die Rechtsratstochter! Dieses andere Frauenzimmer!

Nein, bevor sie ihrem Sohne die läßt, schluckt sie lieber die bittere Pille dieser Betschwester hinab.
Sie bindet sich nervös das seidene Kopftuch fester und streicht sich die Haare über den Ohren mit dem angefeuchteten Finger zurück. Dann schluckt sie ein paarmal und fragt danach interessiert: »Habts eppa scho oan auf der Seitn für sie?«
Die Reisertalerin tut plötzlich unwissend.
»Was, ›oan‹?«
»No – an Hochzeiter!«
»Für wen?«
Die Schiermoserin muß ans Fenster treten, so sehr ärgert sie diese Frage.
Trotzdem antwortet sie sehr sanft: »Na, für enka Marai, moan i!«
Die Reisertalerin lacht ein mitleidiges Lachen.
»Ja so. Für dee. Ah mei! Grad gnua kunnt' ma habn! – Ja – mehra wia gnua! – Aber an jeden mag ma net. – Und bal oana oft no so viel Geld und Sach hätt! – Mir denkan ins alleweil: Es hat no Zeit. Dee kimmt no leicht wo zuawe. Werd scho amal der rechte kemma . . .«
Jetzt wendet sich die Schiermoserin wieder der Base zu.
»Woaßt, Basl – i wissat dir scho den rechten!« meint sie.
Aber die Reisertalerin hört schlecht.
»Wenns heunt net ist, is's vielleicht morgn oder übermorgn«, fährt sie langsam im Tone absoluter Gleichgültigkeit fort; »wia i sag: Es hat ja no Zeit damit.«
Die Schiermoserin kennt sich aus. Von der Seite ist ein Angriff aussichtslos.
Darum pflichtet sie plötzlich der andern ganz ernsthaft bei.
»Da hast aber aa recht!« meint sie. »Sie is ja no jung, enka Marai. Ja, ja. Ganz recht hast. I sag aa alleweil a so zu insn Franzl. Es pressiert net. Gar net. – Aber no, amal

muaß's schließli do sei. – Und bal dees mit der Resl vom Burgermoaster vo Frauenreut a so furtgeht, nachher moan i scho, daß's bald amal eppas werdn kunnt. D' Sach is schee, Geld is aa grad gnua da – und sie is ja nur sauber! Nur sauber! – Und ganz narrisch auf eahm. Woaßt, ganz narrisch! – Aber . . . insa liabe Zeit! I schwatz da und schwatz – und muaß do wieder hoam zu meiner Arbat! – Geh, sags eahm, an Vetter, daß er mir glei a paar Fakei einpackt in a Kirm oder in an Sack! I nimms do lieber glei selber mit hoam! Nachher hab i s' dahoam.«

Und sie richtet sich plötzlich so geschäftig zum Gehen, daß die Reisertalerin kaum mehr Zeit findet, die Schränke und Schubladen wieder abzuschließen.

Sie ist heftig erschrocken, da die Schiermoserin so mittendrin die Geschichte mit der Bürgermeisterstochter erwähnt; und nun, da die Base auch noch so schnell vom Gehen spricht und so eilig tut, wird ihr ganz übel vor Angst. Es wird doch nicht die ganze Handelschaft in die Brüche gehen wegen ihres Geredes.

Sie könnte sich die Zunge abbeißen vor Zorn über sich selber.

Und sie nimmt den sanftesten Ton zur Hilfe, da sie sagt: »Ja, was waar denn jetz dees, Basl! Werst do net scho davonlaufa! Daß's dir denn auf amal gar so pressiert? – Es werd di do net am End eppas g'ärgert habn?«

Aber die Schiermoserin lacht bloß lustig, beteuert, daß sie sich gewiß über nichts geärgert hätte, bedankt sich nochmals für alles und schickt sich wirklich zum Gehen an.

Damit aber hat sie das erreicht, was sie wollte: die Reisertalerin sieht im selben Augenblick, wo ihr der Hochzeiter für ihre Tochter sozusagen noch unter den Fingern weggezogen wird, erst ein, was er wert ist.

Und sie beginnt, um ihn zu kämpfen mit den Waffen, die ihr gegeben sind.

Also gibt sie sich scheinbar damit zufrieden, daß die Schiermoserin wieder einspannen läßt.
Aber sie flüstert im Vorbeigehen ihrer Tochter Marai zu: »Leg dei Feirta'gwand o und fahr mit!«, und dann geht sie zu ihrem Bauern in den Stall, läßt ihn die Ferkel aussuchen und in einen Korb stecken und versäumt dabei nicht, ihn flüsternd von ihrem Hoffen, ihrer Furcht und ihren Plänen zu unterrichten.
Die Schiermoserin hat derweil noch mit der älteren Tochter eine kleine Abschiedsunterhaltung gepflogen, ihren Schimmel eingespannt und tritt nun in den Stall, um nach den Ferkeln zu schauen.
Da bringt ihr der Reisertaler schon den Korb, zeigt ihr die beiden feisten Tierchen und wünscht ihr alles Glück dazu, indem er meint: »Und zwegn der Zahlung werdn mir scho einig, der Schiermoser und i. I brauch so an Saamawoaz a paar Zenten. Da werdn mir nachher scho gleich mitanand.«
Die Schiermoserin gibt sich nach dem üblichen Sträuben damit zufrieden und verabschiedet sich von ihm.
Die Reisertalerin aber eilt noch geschwind in den Hühnerstall und bringt der Base in der Schürze zwölf Bruteier als Aufmerksamkeit.
»Du kannst mir nachher gelegentli amal a paar von deine Schopfhenna gebn«, meint sie. »Und d' Marai kann vo mir aus mit dir umafahrn, daß dir mit dee Fakei nix passiert. Werd dir scho recht sei. Dei Franzl kanns ja morgn wieder umabringa, bal er Zeit hat.«
Aha! Der Weizen blüht schon!
Die Schiermoserin reibt sich in Gedanken schon die Hände. Aber sie versichert doch, daß sie auch allein ganz gut zurechtgekommen wär'. Da aber das Marai sich so schön angezogen hätt' und schon so lieb wär' und sie begleiten wollt', so hätt' sie natürlich nichts dawider! Im Gegenteil!

Es wär' ihr eine Ehr', daß sie dem Marai ihr armseliges Hauswesen zeigen dürft' und ihre paar Habseligkeiten.
Und nach den gebräuchlichen schönen Redensarten, die bei Bauern ebenso gepflogen werden wie bei den Stadtleuten, nimmt sie endlich Abschied und fährt mit Marai und den Säulein davon, im Herzen frohlockend über das gewonnene Spiel.
Und sie denkt: »Jetz kanns geh', wie's mag; insa Sach steht auf an guten Grund. Jetz legn wir zu insane Taler a paar Sackl voll Reisertaler – und 'm Buam gebn mir a saubere Bäuerin . . . und dera Stadtgesellschaft gebn mir an Fußtritt . . .«
Bei diesem letzten Gedanken stampft sie mit dem Fuß auf, und ihre Peitsche saust klatschend dem Schimmel über den Rücken, so daß er unwillig einen Sprung macht.
Danach aber setzt er sich in einen gemütlichen Trab und bringt die beiden Weiberleut, die sich bald aufs beste unterhalten, rasch und sicher nach Berganger und an die Stätte, die dem Marai eben vorbestimmt wurde als Heimat und irdisches Paradies.

12

Es ist gerade um die Vesperzeit, als die Schiermoserin mit ihrem Fuhrwerk und ihrer Begleiterin daheim anlangt.
Ihr Sohn, der Franz, steht eben mit Rosalie unter der Haustür und lacht und scherzt und bettelt um eine kleine Gunst, als der Schimmel gemächlich in den Hof trabt.
Da will der Bursch eilends hin und seiner Mutter beim Ausspannen helfen, aber auf halbem Wege bleibt er stehen und starrt in den Wagen, indem er murmelt: »Jessas, d' Marai! Was möcht denn die da?«
Doch die Schiermoserin läßt ihm nicht viel Zeit zum Sin-

nieren. Sie schwatzt ihm mit schier unnatürlicher Lebhaftigkeit von den Ferkeln vor, von ihrem Besuch und vom Marai.

Indes Rosalie einen unsicheren Blick auf die Reisertalertochter wirft und danach eilends wieder ins Haus geht und sich eine Arbeit sucht.

Draußen sagt grad der Franzl ein wenig hölzern: »Soo, hast ins aa amal hoamgsuacht, Marai?«

Worauf ihm seine Mutter ins Wort fällt: »Dees siechst ja! – Red't der Bua no dumm daher! Hilf ihr liaber a bißl aus'm Wagl außa! Stehst da wie a hölzerner Wandheiliger und rührst di net!«

Das Marai lacht hell und geziert und meint dann: »Laß nur, Franzl, i kimm scho alloans aa abe aufn Bodn. Hinab gehts leichter wia herauf!«

Die Schiermoserin tut wichtig: »Ja, ja, a diam scho! Aber a so a bravs Madl wie du braucht net von *abe*kemma z'redn! Dees kimmt, solang's lebt, alleweil no besser *auffe!* Gar, bals eahm oan nimmt, der wo rechtschaffa is! An bravn Mo und an richtign Bauern. – Der nachher aa no so viel goldene und silberne Pflasterstoa auf der Seiten hat, daß er, wenn's grad nöti is, a paar Löcher zuamacha kann, durch die der Hof eppa aberutschen kunnt.«

Ihr Sohn hat derweil das Marai ruhig allein aus dem Wagen steigen lassen; nun sagt er bloß kurz: »Weibergwasch!« und weist danach den Schimmel in den Stall.

Die alte Großmutter las eben droben in ihrer Kammer still in ihrem Andachtsbuch.

Da sie aber ihre Tochter kommen hört, steht sie so rasch, als es ihre alten Knochen erlauben, auf und begibt sich hinab zu ihr und der »Hochzeiterin«.

Schöne Reden kreuzen sich wieder, die Schiermoserin gießt dem Marai ein Glas Met ein, und die Alte kann das schöne Haar, das frische Rot des Gesichts und das hübsche

Blau des Gewandes von dem Maidl nicht genug bewundern.
Bald ist das Gespräch da, wo man es haben will, und man begibt sich hinauf in das obere Stockwerk des Hauses.
Nur der, den's eigentlich angeht, und der, dem's recht sein muß, daß eine Reisertalertochter Schiermoserin wird – die beiden sind nicht da.
Der Bauer selber ist mit seinen Leuten auf dem Feld; Franz aber hat sich lautlos aus dem Stall davongemacht und sitzt nun hinter dem Holzschupfen, wo er etwas am Sattelzeug der Rösser flickt.
So kommt es, daß die Schiermoserin mit ihrer Mutter ganz allein für die Unterhaltung Marais sorgen muß und daß sie nicht Zeit hat oder auch gar nicht daran denkt, für die Leute zu kochen.
Die Schiermosertöchter sind gleich den andern auf dem Felde, und es möchte wahrscheinlich übel aussehen mit der Abendsuppe für Mensch und Vich, wenn nicht Rosalie, trotz ihres seltsam unruhigen Gemüts, für den Rest des Tages die Bäuerin machte.
So aber versorgt sie wieder den Stall, trägt die Eier ab, sperrt die Hühner ein und richtet danach den Mehlschmarren und den Apfeltauch. Ihre Mutter, die Rätin, liegt derweil droben in ihrer Stube schwer gichtkrank und wird von Tante Adele gepflegt.
Das heißt, die Schwägerin braucht alle ihr zu Gebote stehenden Mittel, um die Rätin davon zu überzeugen, daß doch alles in der Welt so kommen werde, wie es eben vorbestimmt sei.
Man könne höchstens im Fall, daß es sich um irgendein Glück drehe, dies Glück ein wenig korrigieren. Und dies tue sie auch, fügt sie in bestimmtem Tone bei, trotz aller Zustände und allen Sträubens der Schwägerin!
Mittlerweile wird es Abend. Das Gesinde kommt hungrig

heim, setzt sich an den Tisch, und der Schiermoser pfeift seinem Eheweib und Franz zum Essen.
Rosalie trägt wie mittags selber das Essen auf und sagt genau, wie sie es gewohnt ist von der Schiermoserin: »Vater, tua bet'n, ogricht is.«
Und da die Bäuerin endlich daran denkt, daß es Essenszeit ist – da sie sich durch den Pfiff des Bauern plötzlich wieder in die Wirklichkeit des Alltags versetzt sieht, nachdem sie sich den ganzen Tag in ihre ehrgeizigen Pläne hineingesponnen hatte –, da findet sie drunten in der Eßstube bereits alles einträchtig beieinander sitzend, mit vollen Backen essend und sich lustig unterhaltend.
Und Franz, für den sie eben die Hochzeiterin zur Tür hereinbringt, sitzt lachend neben der Stadtjungfer und tut, als wäre er seit Jahr und Tag mit ihr verheiratet!
Und er selber, der Schiermoser – er sitzt zur Rechten dieses Weibsbildes, lobt ihre Kochkunst, ihre Tüchtigkeit und sagt vor dem ganzen Gesinde: »Guat hast dei Sach' g'macht, Bäuerin! Da brauch' ma die Alt' gar nimmer, bals du alleweil dableibst!«
So eine Niedertracht!
Wie mag's dem Marai zumut sein!
Aber die läßt sich nichts anmerken.
»Aha, eßt's scho«, sagt sie bloß, »bals erlaubt is, nachher gehn mir aa a weng zuawa.«
Und damit geht sie mit der Schiermoserin, die vor Wut ganz blaurot im Gesicht wird und gar keine Worte mehr findet, in die Stube.
Rosalie beeilt sich, noch zwei Löffel aus der Tischlade zu nehmen, und sagt: »Ruckts z'samm da drent und laßts mich aa hin, daß sich der B'such und d'Bäuerin auf eahnan Platz hinsetz'n können!«
Aber Franz befiehlt ihr ganz energisch: »Du bleibst, wost bist!« und läßt sie nicht von seiner Seite.

Der Schiermoser dreht sich halb um auf seinem Sitz, schaut auf die Reisertalertochter und sagt: »Ja, was is dees? D' Marai! – Hock di nur zuawa, Marai. Is scho no a Platz auf der Bank.«

Auf die Bank zu dem Dienstvolk läßt er sie sitzen!

Die Schiermoserin droht der Schlag zu treffen.

Und sie kann nicht anders, sie muß sich dreinmischen: »Freili! Auf d' Bank! Nix da! D' Marai sitzt si neben 'n Franzl, daß d' es woaßt! D' Sommerfrischlerin g'hört a so net an Tisch her!«

Leider hat ihre Rede gar keinen Erfolg, außer diesem, daß Franz erwidert: »Wer kocht hat, ißt aa mit. Und wen i neben meiner sitzen lass', der sitzt neben meiner. – Gell, Marai, du hast scho Platz da, neb'n der Liesl!«

Freilich hat sie dort auch Platz!

Mit süßsaurem Lächeln beteuert sie es.

Aber gutmachen kann er diesen Fehler nie mehr!

Und wenn sie zehnmal Schiermoserin werden sollte!

Nachtragen wird sie es ihm, solange er lebt, daß er sie einer Städtischen zulieb auf den Gesindeplatz genötigt hat – grad an dem Tag, an dem sie gekommen war, sich und ihre Geldsäcke ihm anzutragen!

Dasselbe denkt auch die Bäuerin.

Und es ist ihr unmöglich, auch nur einen Bissen zu genießen, schon weil es die da gekocht hat!

Daß der Alte auch noch mittut bei der Lumperei!

Aber gnade Gott!

Dem wird sie es heut abend schon hinsagen!

Der erhält seinen Landler!

Der Rüpel! Der Tropf, der alte!

»Geh weiter, Marai!« sagt sie sehr freundlich zu ihr. »Geh mit mir auße, nachher koch' ma ins selber epps. Werd z'erscht recht epps G'scheits sei, was die z'sammkocht ham.«

Doch leider geht es ihr auch mit dieser Rede nicht sonderlich gut.
Denn einstimmig wird ihr von allen, ja sogar von den Töchtern, versichert, daß man noch nie einen so guten Schmarren gegessen hätte – und dann will Marai plötzlich »gern« da sitzen bleiben, nimmt den Löffel zur Hand und versucht die Kunst dieser Person, die alle miteinander rein verhext hat!
Ja, Marai betrachtet es plötzlich als eine heilige Mission, Franz wieder aus dem Bann dieses Weibsbildes zu erlösen!
Und sie beginnt damit sofort, indem sie sagt: »No – hoaklig seids ös net! Bei ins dahoam essat ma an solchen Schmarrn net! Bei ins werd er scho besser g'macht! – Wer hat 'n denn kocht?«
Jetzt wird es wohl kommen, das, was ihr und der Schiermoserin Musik in den Ohren ist!
Aber nein, es kommt nicht!
Denn Franz sagt ganz kurz und sachlich: »Dees is gleich, wer 'n kocht hat. Ins schmeckt er. Wie daß 'n ös kochts, dees is uns gleich.«
Und der Schiermoser ißt gerade jetzt, als hätte er schon seit drei Tagen nichts mehr gehabt, und sagt dabei: »I woaß 's net, mir schmeckt er recht guat. Recht guat. Wahr is's!«
Freilich, Rosalie fühlt sich nicht wohl in dieser Stunde.
Aber ringsum sieht sie Mienen, die ihr wohlgewogen zulächeln – sie spürt den Druck der Finger des Jungen und hört den Lobspruch des Alten – da weicht ihr unbehagliches Gefühl doch wieder einem angenehmeren.
Immerhin ist sie froh, als der Bauer seinen Löffel ans Tischtuch wischt, das Zeichen zum Aufstehen gibt und das Tischgebet hersagt.
Das Geschirr trägt sie nicht mehr hinaus.

Sie bittet Barbara, die eine Tochter, darum und begibt sich sogleich hinauf in ihre Stube.
Nun erst wird dem Mädchen schwer ums Herz. Dazu macht sich doch eine große Müdigkeit und Abspannung bemerkbar, so daß sie sich kurzerhand entschließt, zu Bett zu gehen.
Und also sucht sie ihr Lager auf und gibt keine Antwort mehr, als Franz nach einer Weile unter ihrem Fenster steht und ruft: »Roserl! Roserl! Geh no a weng außa! – I muaß dir was sag'n!«
Aber sie weint ihre ersten heißen Tränen in die Kissen des Schiermoserbetts.
Nachdem an diesem Abend das Gesinde Feierabend gemacht und auch der Schiermoser sich auf die Hausbank gesetzt hat, tritt die Reisertalertochter hinter der Schiermoserin aus der Kuchel und vors Haus.
Und die Hausfrau nötigt sie, doch neben dem Bauern auf der Bank Platz zu nehmen, bis der Franzl mit seinem Tagwerk fertig wär' und auch käme.
Aber Marai äußert plötzlich sehr bestimmt den Wunsch, sie möchte doch lieber heute noch nach Haus.
»I woaß, d' Muatta braucht mi«, sagt sie, »und da is mir do net extra guat woanderst. Und dees, was d' mir zoag'n hast woll'n, dees hast mir zoagt. Sinst ham mir ja nix mehr z' red'n mitanand, denk i. Zweg'n dee Fakei kannst ja mit'n Vatan selber aushandeln.«
»Aber um Gott's willen!« ruft da die Schiermoserin erschrocken aus. »Heut no hoamfahr'n! Kimmst ja in de stockfinster Nacht eini! Naa, naa! Bleib nur bei ins über Nacht! Jetzt hab' i dir dei Bett scho aufdeckt. Und morg'n früah muaß i dir epps sag'n, was dir a Freud' macht. Woaßt, heunt san d' Mannsbilder müad und d' Weibsbilder z'wider. Aber morgen is a jed's frisch und lusti, da kinnt's enk nachher aa a weng unterhalten mitanand!«

So und auf ähnliche Weise sucht sie Marai zum Bleiben zu überreden.
Sie stößt ihren Eheherrn wütend in die Seite und flüstert ihm zu: »Alsdann, zwiderns Mannsbild! Red halt aa mit, wennst siechst, daß s' extra da is, d' Marai!«
Der Schiermoser zündet sich die Pfeife an.
»I hab koan Fiduz drauf, heunt auf d' Nacht.«
»Aber so viel kunnst do sagn, obs dir recht is oder net!«
»Mir is alls recht, was an Buam recht is. Bal er die Rechte gfunden hat, nachher werd ers scho sagn. Nachher kann i alleweil no mei Meinigung dazua äußern, obs mir paßt oder net.«
Damit bläst er dicke Wolken vor sich hin und schaut geradeaus.
Die Schiermoserin zittert vor Zorn.
Mit süßen Worten nötigt sie Marai, doch noch ein wenig auf der Bank Platz zu nehmen, bis der Franzl mit seiner Arbeit fertig wär'.
Aber das Marai hat kein Verlangen darnach, sondern besteht auf ihrem Wunsch: sie möchte wieder heim.
Nun, soll sie wenigstens der Franz heimbringen, denkt die Schiermoserin, der es zumut ist, als stünde sie vor einem Abgrund, in dem all ihre Hoffnungen und Wünsche begraben liegen.
Und sie rennt im ganzen Hof herum, ihn zu suchen.
Aber als sie ihn endlich in seiner Kammer im Bett findet, kann sie vor Verdruß und Zorn nicht einmal mehr sagen, was sie sagen wollte. Und so geht sie voller Bitterkeit zum Hans, ihrem Knecht, und bittet ihn, daß er das Marai gegen eine Extramaß noch nach Reisertal hinüberbringe.
Der murmelt zwar etwas vom Leut und Viech Zusammenschinden, sagt, daß er erst morgen früh wieder zurückkäme, und richtet dann scheltend und greinend das Fuhrwerk.

Der Abschied ist sehr kühl und frostig, und das Marai schaut nicht einmal zurück, als sie, neben dem Knecht sitzend, dahinfährt.
Kaum ist sie aber außer Seh- und Hörweite, da bricht das Wetter bei der Schiermoserin los.
»So. Jetz is's dahi. Ös Lackln, ös abscheuliche! – Jetz habt's enka Bäuerin. Jetzt kinnt's mit enkan Stadtdrak'n weiterhausen vo mir aus!«
Da rührt sich der Schiermoser zum erstenmal, seit er auf der Bank sitzt, und sagt: »Dees war dees g'fahrlicher no lang net! D' Rosl waar mir liaber wie woaß Good was für oane von heraußt. Lieber als wie die Betschwestern vo Reisertal amal g'wiß!«
Die Schiermoserin tut, als drohe ihr der gache Tod.
»Insa heilig's Kreiz! Versünden tuat er sie aa no! – Hast scho recht! Tua nur a so weiter, so gottlos und so modisch! Werst es scho sehgn, wia weit daß d' kimmst!«
Der Schiermoser muß lachen.
»I woaß gar net, was d' hast auf amal!« sagt er, »fahrt's mittendrin dahi um a Schwieger und woaß gar net, ob der Bua 's Heirat'n im Sinn hat – nachher bringt's dees bigotte Weibsbild daher – und z'letzt redt's vom Versünden! – Und derweil 's dees tuat, versaamt's d' Hauptsach'!«
Er muß wieder lachen. Da wird sie stutzig.
»Was für a Hauptsach'?« fragt sie gespannt.
Der Bauer schmunzelt: »Siechst, Alte«, sagt er, »daß d' koane von dee ganz G'scheiten bist, dees hab' i lang g'wißt. Aber daß d' insan Buam behüat'n möchst vor der Rosl und dabei laßt d' die zwoa den ganzen Tag alloa mitanand arbat'n ... daß d' so dumm wärst, dees hab' i do net g'moant.«
Die Schiermoserin muß sich setzen und reißt die Augen sperrangelweit auf. »Warum ... wieso ... ist eppa was g'schegn? ...« fragt sie voller Angst.

Aber ihr Eheherr bleibt ganz ruhig.
»Was wird g'schehgn sein!« meint er. »Weiter gar nix is g'schehgn, als daß die zwoa handelsoans san. Daß d' dein'm Buam zwanz'g Hochzeiterinnen bringa kannst – er wird dir a jede abweisen. – Weil er sein eigna Kopf auf hat...«
Seine Wabn unterbricht ihn voller Aufregung: »Ja, und du? Du schaugst zua und laßt den Kerl werken, wie er mag! – Du rührst di gar net, wenn er die Stadtflugga nimmt!«
Der Schiermoser bleibt immer noch ganz ruhig.
»Was soll i mi da lang rühr'n? Bal der was will, nachher will er's. Und was er will, dees is epps Rechts. Was er tuat, hat Hand und Fuaß. – Und wenn i's sag', wie i mir's denk: Mir g'fallt's, dees Weibsbild. Daß s' wenig Geld hat ... no ja ... deessell is ja z'wider. – Aber sinst is s' mir lieber wie a jede zehn Stund im Umkreis!«
Die Bäuerin meint, nicht recht zu hören.
»Ja ... dees kaam ja grad außa ... als wia wennst du selber dabei waarst bei dem Handel ...«
»I bin net dawider, bal i's aufrichti sag' ...«
»Alter!«
»Ja no ... es muaß net alleweil nach dem alten Schlag geh'. – Es derf aa amal epps Neumodisch's aufkemma. Heirat'n d' Bauernweibsbilder Stadtherrn – warum soll a Bauernbursch net aa amal a Stadtfrailein heirat'n. – Gar a so a richtigs, ordentlichs und saubers Leut'!«
Allmählich ist es der Schiermoserin möglich, das, was in ihr tobt und rast, in Worte zu kleiden.
»A so is's dir!« ruft sie aus. »A solchana bist du word'n! Du hilfst zu dere Stadtbruat! – Und du willst es hab'n, daß insa Sach' in dene eahnane Klauen kimmt! – Mei Liaba! *Dei* Sach' kannst geb'n, wemst magst. Aber dees *mei* ... dees bleibt mir in *meiner* Hand. Daß d' es woaßt. Und

mei Geld kriagts mir aa net, dees Weibsbild. Heunt no will i 's z'ruckhab'n! Heunt no!«
Sie kocht vor Zorn.
Aber der Schiermoser ist, als wär' er von Holz, so ruhig.
»Dees kannst macha, wiast willst«, sagt er gelassen, »dee paar tausad Markl machen eahm's Kraut aa nimmer fetter. Der langt mit dem, was i eahm derhaust hab' . . .«
»Er! – Er hat 's derhaust! – Und i nachher? – Und mei Arbat? – Und dees, was i verdeant hab' von dee Sommerfrischler? . . .«
Aber damit hat sie sich eine Schlinge gedreht.
»Aha«, erwidert ihr der Bauer, »d' Sommerfrischler! Da zählen's auf amal mit! – Eahna Geld hast eing'schob'n. Wenn's aa a Stadtgeld g'wen is. Aber i sag' dir was: Dees mit dein Geld kannst macha, wiast magst. – Und der Franzl kann toa, was er mag – und i geh jetz in mei Bett. – Und bal er mir an Hof bald abnimmt, der Bua, is's mir ganz recht. – I bin a so gutding alt und müad. – Guate Nacht.«
Damit verschwindet er im Haus und läßt die Schiermoserin in ihrer Wut und ihrem Schmerz allein.
Diese kommt sich vor wie eine, die einen schweren Traum träumt. Sie versucht immer wieder, das Ganze von sich abzuweisen.
Aber es geht nicht. Es ist schon so, wie es ist.
Sie ist verraten und verkauft von ihren eigenen Leuten.
Ihre Töchter kommen ihr in den Sinn.
Wenn sie wenigstens die auf ihrer Seite hat! Wenn die diesem Weibsbild die Hölle heißmachen!
Jawohl. Ihre Töchter werden keine Städtische dulden auf ihrem Heimatl!
Sie springt auf und läuft eilends hinauf in die Dirndlkammer. Die beiden Maidln schlafen schon. Aber die Schiermoserin hat keine Ruhe, sie muß es ihnen noch heute beibringen, daß sie tun, was sie ihnen rät.

Darum weckt sie beide noch mal auf, indem sie jede fest rüttelt.
»Mariedl! ... Bawettei! – ... Geh, lust's a weng auf! – He da! – Ös zwoa! ... I hab' epps zu red'n mit enk! Merkt's a weng auf, alle zwoa!«
Mit vieler Müh' bringt sie die beiden aus dem ersten Schlaf.
Die Barbara ist am ehesten munter und fragt erschreckt: »Muatta! – Was gibt's? – Was is passiert?«
Die Schiermoserin bricht in Tränen aus.
»Was werd passiert sein! – Insa Hoamatl g'hört nimmer ins! ... Insa scheens Sach' geht dahin! ...«
Die Barbara reibt sich schlaftrunken die Augen. »Ha sagst? Was is dees?«
Und die Mariedl sagt aus dem Traum heraus: »Wo geht er hin?«
Aber die Schiermoserin ist nun mitten drin in ihrem Unglück und Verdruß und jammert und klagt so laut, daß ihre beiden Töchter aus dem Bett springen und endlich etwas Bestimmtes wissen wollen.
Denn ihre Mutter redet vom Judas in der Familie, der seine angestammte Heimat verschachert, von der Niedertracht dieser Stadtjungfer, die den Franzl schlau eingefädelt hat, und daß sie, die Schiermoserin, auf und davon gehe, denn die Schand könne sie nicht verwinden ihr Lebtag!
»Was für a Schand?« fragen ihre Töchter gleichzeitig.
Diese Frage steigert den Zorn und Schmerz ihrer Mutter noch um vieles.
»Was für a Schand?! – Fragen tät i aa no! – Is dees koa Schand, bal oan der Bua so a Weibsbild ins Haus einabringt?«
Aber ihre Töchter finden gar nicht, daß die Schande so groß sei, ja, die Barbara meint sogar, sie würde ganz gern

einen Stadtherrn heiraten, wenn einer käm'. Dies dreckige Bauernleben mit seiner ewigen schweren Arbeit wär' ihr schon lange zuwider!

Und die Mariedl gähnt und schlüpft wieder ins Bett, indem sie brummt: »Z'weg'n dem hätt'st ins net extra aus'n Schlaf reiß'n braucha! Laß s' halt heirat'n, dee zwoa, bals anand gern hab'n. I heirat aa amal grad den, wo i mag.«

Und damit dreht sie sich gegen die Wand, gähnt noch einmal und schläft wieder weiter.

Die Barbara sucht noch die Mutter zu beruhigen. »Jetz geh nur ins Bett, Muatta«, meint sie. »No san s' net verheirat'. Wer woaß's, ob er's überhaupts ernst moant damit. Und wenn, nachher is 's aa net weit g'feit. Sie is a riegelsam's Leut', dees wo guat einapaßt zu ins, und mir ham 's gern. Liaber wia jede andere . . .«

Der Schiermoserin steht der Verstand fast still.

Also alle sind sie zusammengeschworen!

Alle halten sie zu dieser Stadtbrut!

Aber sie weiß schon, was sie tut!

Sie wird ihnen schon zeigen, wie sie über die Sache denkt.

Und sie geht hinüber in die Schlafkammer ihrer Mutter.

Da sitzen denn die beiden Frauen die halbe Nacht beisammen und beraten gleich Feldherren vor einer Schlacht.

Und am andern Morgen erscheint ein Maurer, richtet ein kleines Austragshäuschen, das seit Jahren neben dem Schiermoserhof steht, wieder zusammen und weißelt es sauber herunter.

Denn die Schiermoserin und ihre Mutter wollen keine Gemeinschaft mehr mit den Ihren.

Sie verlassen das Haus.

13

Der Friede ist also aus dem Schiermoserhof gewichen. Oder vielmehr: der Unfriede.
Die Bäuerin und die Alte sind mit Sack und Pack aus dem Hof und ins Austraghäusl gezogen.
Denn die Schiermoserin hat den Schwur getan: lieber ließe sie sich scheiden, als daß sie mit dem Weibsbild auch nur eine Stunde die Herrschaft teilen würde.
Nun ist es zwar noch lange nicht so weit zwischen Franz und Rosalie.
Wenn auch der Tag, an dem die Rechtsratstochter als Schiermoserin hantierte, bestimmend für die Wünsche und Pläne beider wurde, so hat doch Franz bis heute noch nicht das erlösende Wort gesprochen. Und Rosalie kann trotz aller Liebesbeweise nicht recht froh werden.
Je mehr sie über die Dinge nachdenkt, desto stärker drängt sich ihr die Erkenntnis auf, daß Franz sie doch eigentlich niemals heiraten könne.
Denn wenn auch der Bauer und seine Töchter ihr wohlgeneigt sind, so empfindet sie doch im Innern eine gewisse Wesensfremdheit zwischen sich und ihnen.
Der offene Haß aber, mit dem die Schiermoserin und ihre Mutter sie nun Tag für Tag verfolgen, und der Umstand, daß sie die Ursache des Zerwürfnisses der Familie ist, machen sie ganz traurig und bekümmert.
Wenn auch der Bauer augenblicklich über sein Weib noch lacht und das Ganze als eine verrückte Laune betrachtet, so kann doch jede Stunde auch bei ihm die Erkenntnis kommen, daß ein Stadtmädel keine Frau für den Sohn eines Schiermoserbauern ist.
Und ist erst der Alte soweit, so würden wohl die Töchter nur zu bald aus derselben Trompete blasen wie er und die Bäuerin.

Und sie bedenkt, daß sie unter solchen Umständen trotz ihrer Zuneigung für den lieben Burschen wohl nie ganz glücklich werden könne.

Ob dann ein richtiges Heimatsgefühl in ihr aufkommen würde?

Ganz gewiß nicht.

Und so beschließt sie in ihrem Innern, den Ratschlägen der Tante Adele nicht zu folgen, sondern auf ihre Mutter zu hören und dem Antrag ein entschiedenes Nein entgegenzusetzen, wenn's auch weh tut.

Daher läßt sie der Schiermoserin etwa eine Woche nach dem Zerwürfnis durch eine Magd sagen, die Bäuerin möge nur wieder zu den Ihren kommen, sie und ihre Mutter verließen in vier Tagen das Haus.

Sie kocht auch nicht mehr, sondern überläßt den Haushalt den Töchtern, die freilich wenig Freude darüber empfinden und lieber draußen bei der Dreschmaschine werken, lachen und scherzen möchten.

Tante Adele ist über diesen plötzlichen Entschluß ihrer Nichte ganz trostlos.

Für sie gab es keinen anderen Gedanken mehr, als daß die beiden Menschenkinder bald ein glückliches Paar würden und daß sie mit ihnen dann eine Heimat hätte, in der sie sich wohl fühlt.

Anders die Rätin.

Die beeilt sich sogleich, unter Tränen der Erlösung und Freude ihre Sachen zu packen und sich auf die Abreise zu rüsten.

Denn sie litt jeden Tag noch mehr unter der Befürchtung, ihr Kind an diese Leute verlieren zu müssen.

Ja, sie hatte sich im Laufe der Zeit in einen richtigen Groll gegen Rosalie und die Schwägerin hineingewühlt, hatte sich ganz abgeschlossen von ihnen und blieb nur noch, weil die Befürchtung, ihre Tochter möchte in ihrer Abwesenheit sofort dem Burschen ihr Jawort geben, sie nicht abreisen ließ.

Obgleich Tante Adele bei jedem Wortgefecht, bei jeder Gelegenheit sagte: »Du kannst ja gehen, wenn du nicht gern hier bist, Schwägerin! Ich und Rosel werden aber bleiben. Wir fühlen uns recht wohl hier.«

Und nun muß sie selbst abreisen, diese schreckliche Adele!

Die Rätin vergißt vor Freude einen Augenblick, wie unlieb ihr die Schwägerin gerade in den letzten Wochen wurde, als sie so offen für Rosalie warb, beim Bauern – bei den Töchtern – bei Franz.

Und nun kommt doch alles anders – so wie sie selbst es wünscht! Nun wird doch der Assessor ihr Schwiegersohn werden!

Sie denkt gar nicht mehr an die Beschwerden des Packens und schafft und werkt den ganzen Tag, so daß sich endlich am Abend Koffer und Körbe in ihrer Stube türmen.

Und da sie sich am Ende todmüde aufs Bett legt, vergißt sie ganz, wie sonst zu husten und zu klagen über das ungesunde Klima dieser Gegend, sondern sie schläft mit einem zufriedenen Lächeln ein und träumt von einer goldenen Zukunft im Hause ihres vornehmen Schwiegersohnes.

14

Tante Adele hat ihren Morgenspaziergang gemacht und ist dabei auch an das Land gekommen, auf dem der Schiermoser Frühkartoffeln ausackert.

In den tiefen Furchen, die der Pflug schneidet, raufen sich Stare und Raben um die Engerlinge und Würmer.

Langsam lenkt der Schiermoser den Ochsen, und sein Wühst und Hott hallt weithin über die Flur.

Fräulein Adele steht betrachtend am oberen Rande des

Ackers und wartet, bis der Bauer in ihre Nähe kommt. Dann beginnt die folgende Unterhaltung:
»Jetzt wirst es bald haben, Schiermoser?«
»Ja, jetz wer i 's bald habn«, erwidert der Bauer.
»Zwoa Biefel hast no, gell?«
»Ja, zwoa hans no.«
»Hast a no alleweil hübsch viel Arbeit in deine alten Tag, gell?«
»No ja. Freili wohl.«
»Werst froh sein, balst amal ausrasten kannst.«
»Ja. Scho. Aber da is noch weit hin, wähn i.«
»Mei, wenn amal der Franz heirat' . . .«
»*Wenn* er amal . . .«
»Daß 's net sein kunnt, Schiermoser! Mittendrin amal!«
Der Bauer lacht schier mitleidig.
»Da siecht ma 's wieder!« sagt er. »A so reden halt d' Stadtleut. Weil die koan Begriff net ham, wia daß ma bei uns heraußt heirat.«
Fräulein Adele ist verwundert.
»Wia werd nachher bei enk heraußt gheirat't? Da wirds halt aa a so gehn, daß'n Buam oane gfallt, und daß er sagt: Die möcht i!«
»Naa, ganz gwiß net!« erwidert ihr der Schiermoser. »Denn so an Lackl gfallet gar oft oane, die mir gar nia gfalln kunnt als Schwieger.«
»Aha!« sagt Adele. »Dees versteh i scho. Wenn er aber jetzt oane bracht, die dir selber recht guat gfalln tat . . . sagn mir amal . . . oane wia zum Beispiel . . . unser Roserl? . . .«
Den Schiermoser reißt es schier herum.
Aber ein Bauer läßt sich nicht gern in die Karten schauen.
Besonders nicht, wenn es so heikle Dinge betrifft, wie das, was die Stadtmadam da eben fragt!
»Mei, dees konn ma net so für gwiß sagn«, meint er, »ob

er grad a solcherne bringt oder a anderne ... He! Teife, bollischer! Gehst net umme da, auf dein Platz, wost hinghörst! ... Dees hat no Zeit, moan i! Jetzt soll er zerscht amal arbatn, der Bua! – Hüa, Alter! Wühst eina, sag i! Wühst!«

Und während er eine neue Furche umackert, sagt er halblaut für sich hin: »Wirst es derwarten kinna. Dees muaß er mir scho selber sagn, der Tropf! Sinst is mir oane vom Straßler oder vom Reisertaler aa net unrecht. Wenn i mi jetzt glei dro gwohnt hab an dees Luadermadl!« ...

Tante Adele aber ist nicht unzufrieden mit sich selber. Wenigstens hat sie so viel erfahren, daß keine andere als Schiermoserin vorbestimmt ist.

Und daß ihm Rosalie nicht gerade zuwider ist, dem Bauern – dieses zu wissen ist ihr genug!

15

Franz Schiermoser weiß sich weder zu raten noch zu helfen.

Die Liebe zu Rosalie plagt ihn Tag und Nacht und macht den Wunsch nach ihrem Besitz in ihm immer größer.

Anderseits aber ist ihm das Leben im Haus unter den obwaltenden Umständen schier unerträglich.

Daß die Mutter Rosalie als Schiermoserin nicht gelten läßt, findet er ja noch verständlich, daß sie in ihrem Haß aber so weit ging, das Haus zu verlassen und so die Augen der ganzen Nachbarschaft auf sich zu richten – daß sie den Hof durch ihr Tun ins Gerede der Leute brachte, das empört ihn und macht ihn bitter.

Und er kämpft einen harten Kampf mit sich selber, ob er gegen Rosalie nicht doch lieber die Reisertalertochter eintauschen soll.

Aber je länger er darüber nachdenkt, desto unmöglicher erscheint ihm ein Leben ohne das muntere, tüchtige Stadtmaidl, und schließlich faßt er den Entschluß, mit dem Vater ein ernstes Wort zu reden.

Und so sucht er ihn gerade an dem Morgen, da Rosalie der Schiermoserin sagen läßt, daß sie den Hof verlasse, in der Scheune auf und beginnt: »Vata, i hätt' epps z' red'n mit dir!«

Der Alte putzt eben die Maschine nach dem Dreschen und erwidert, ohne seinen Sohn anzusehen: »Muaßt es halt sag'n!«

Franz stellt sich ganz nahe zu ihm: »Heirat'n möcht i.«

Der Schiermoser läßt auch jetzt noch keinen Blick von seiner Arbeit.

»Heiratn möchtst? – Jetz schaugt mir oana den Tropf an! – Heiratn möcht er!«

Er zieht mit großer Aufmerksamkeit eine Schraube der Maschine an.

»Vo mir aus kannst scho heiratn«, meint er dann; »i red dir da net viel ein.« Und mit einem Lächeln fügt er hinzu: »I hab 's, Herrvergeltsgott, hinter mir. I brauch mir die Arbat nimmer aufz'toa.«

Franz untersucht nun gleichfalls verschiedene Teile der Maschine. »Amal muaß 's ja do sein«, meint er dabei; »du wirst aa net in alle Ewigkeit rackern und schinaggln wolln!«

Der Schiermoser greift nach der Ölkanne.

»No ja. Bis jetz ham mir 's no alleweil dermacha könna. Und a Zeitlang kunnt i 's aa no weiter dermacha. Aber balst lieber *du* werklst . . .« Er ölt etliche Maschinenteile.

Franz wird's schwer, dem Alten seine Entschlüsse mitzuteilen. Er sucht nach geeigneten Worten. Daß der Vater die Sache gar so leicht nimmt! Gewiß ist ihm nicht ernst damit! Besonders, wenn er hören wird, *welche* die Seine wird!

Und er bringt vorsichtig die Rede auf Rosalie.

»I will di net außeschiabn aus 'm Hof, Vata«, meint er. »I bin froh, daß d' no da bist. Aber i moan, wenn halt a sauberne Bäuerin mitwerkln tat ... oane wie d' Roserl ... a so a richtigs, rieglsams Weibsbild ... verstehst ...«

Ja, ja! Der Schiermoser versteht ihn gut, seinen Sohn! Aber er hat seinen Spaß an der Bedrängnis des Buben. Darum schweigt er ganz still und läßt ihn weiterzappeln.

»Woaßt, Vata, i moan halt, es waar besser, bal a junge Hand da herin regiern tät. Aber dee Weibsbilder da umanand mögen ja allsamm nix mehr toa! Die möcht'n si ja grad' in Geldhaufa einesetz'n und zuaschaugn, wie d' Deanstbot'n arbat'n! – Woaßt, da waar halt oane wia d' Roserl do scho besser! Die mag do arbat'n! Die hat do a Freid am Sach ...«

»Und an dir aa, wähn i!« fährts dem Schiermoser heraus. Und da er schon einmal angefangen hat zu reden, so fügt er auch gleich noch hinzu: »No ja – i hab nix dawider, wannst es amal net a so machst wia die andern. I gar net. Aber sie – d' Muatta! ...« – Franzl schiebt nachdenklich den Hut tief ins Gesicht und kratzt sich hinterm Ohr.

»Ja ja ... d' Muatta ... i woaß 's scho ... «

»Daß die net nachgibt, dees kannst dir denka!«

»Ja no ... bals siecht, daß 's do nix hilft ...«

»Naa, dees tuat 's net. Nachgeb'n tuat die gar nia net. Dera ihren Dickschädl kenn i.«

»Aber du kunntst do mit ihr drüber redn!«

»I? Mit deiner Muatta? – Naa, mei Liaba. Dei Muatta kenn i besser. Und die Alt aa. Und solang die Alt schürt, werd dei Muatta net kalt. Und solang die hoaß auf d' Stadtleut is, kannst nix macha. Dessell sag i.«

Franz geht unruhig in der Scheune auf und ab.

»Und i kann ihr amal net helfa: i muaß d' Roserl heiratn. I mag koa anderne.« – Der Alte schmunzelt.

»I hab's a so gwißt. Du müßtest net a Junga von der Altn sei. Da is oans so bockstarri und eignsinni wia dees ander. – Aber wia i sag: Heirat's nur, dei Rosel. I red' dir nix ei. Bloß mit ihrana Verwandtschaft laß mir mein Fried. Mit dene überspannten Weibsbilder überanand. Denn die machn bloß Unfriedn eina ins Haus . . .«

»Und hängen an der Schüssel dro«, ergänzt Franz zustimmend; »na, na. Dees Kreiz tät i mir net auf. Aber daß d' Muatta gar so bockboanig is, dees is mir scho recht zwider. Zwegn dee Leut scho. Weil sich a jeds gähend s' Mäu zreißn wird über ins.«

Aber der Schiermoser macht eine wegwerfende Handbewegung.

»Ah, was! D' Leit muaß ma redn lassen und d' Hund kehlzen, hoaßt's. Bal sie sich gnug gredt habn, nachher werdn's scho wieder aufhörn. Und die Alt soll bocka, so lang, bis's Hörndl kriagt. D' Hauptsach is, daß si bei dir nixn feit.«

Franz lacht.

»Naa, Vater. Da feit si nixn bei mir! Daß d' Roserl net naa sagt, dessell woaß i – und daß mir zwoa gut mitanand auskemman, dessell woaß i aa.«

»Und sie – d' Rechtsrätin? – Moanst, daß die aa net naa sagt?« – Franz macht eine wegwerfende Handbewegung.

»Die sagt mir guat naa! Auf die paßt ja do neamd auf! D' Rosel net und die alt Frailn net, und i erscht recht net. Die braucht ja net außa z' geh' zu ins Bauern, bal mir ihr net gefalln! Die kann ja zu ihrane andern Töchter geh'. Mir jammern ihr net nach!« Plötzlich fällt ihm aber ein, daß ja Rosalie schon einen Hochzeiter hat, drinnen in der Stadt. Doch diese Erkenntnis betrübt ihn nicht weiter.

»Mit dem andern Stadtfrackn da drin z' Münka werdn mir scho firti werdn«, sagt er zuversichtlich; »er muaß ganz oafach verzichten, bal i da bin.«

Der alte Schiermoser nickt.

»Werd z'erscht koa gscheiter net sei; sinst tat 's Madl besser nache darnach«, meint er; »mir woaß 's ja. Anorts wo a Angstellter halt oder a Beamter oder so epps. Mit dem werst leicht firti. Und mit der Alten aa. Die derf froh sein, daß mir ihra Tochta herlassen auf insan Hof.«
»Dees glaab i aa. Und sie derf ja grad geh', bals ihr net paßt ...« – Der Schiermoser nickt.
»Jawoi. Aber redn muaßt doch mit ihr; zwegn an Heiratgut und zwegn an Kucheiwagn. A wengl a Sach und a Geld soll's einabringa, moan i. Ganz umasinst bist mir nachher do scho net feil! Du net und mei Hof net!«
Der Junge sagt es zu: »Freili red i damit, Vatta«, erwidert er; »herschenka tua i auf koan Fall epps. Bals a net viel is, was 's kriegt; a bissl was is 's doch. – Und zwegn die Leut is 's aa besser, bals epps hat. Dees hoaßt: Auf d' Leut paß i net auf. Aber redn tua i do mit der Alten. Oder mit der Frailn. Die versteht mi besser.«
Damit rückt er auch schon sein Hütl zurecht und geht hinüber ins Wohnhaus, um Rosel oder ihre Mutter zu treffen; denn er möchte auch das eigene Eisen schmieden, solange es warm ist.

16

Tante Adele sitzt unterdessen schier verzweifelt in der Wohnstube und schreibt die Adressen für das Gepäck; denn nun soll es wirklich Ernst werden mit der Abreise. Rosalie selber wünscht es.
Die alte Dame grübelt vergebens darüber nach, wie denn dies möglich sein kann; die beiden Kinder, Franz und die Rosel, waren doch stets voller Lust und Liebe gewesen, und man konnte sich wirklich mit dem Gedanken vertraut machen, daß es bald zu einem Verspruch käme!
Was ist nur in das Mädel gefahren?

Riegelt sich das dumme Kind in ihr Zimmer ein, läßt die ganze Wirtschaft drunten stehen und liegen und überrascht einen mit der Mitteilung: »Morgen abend reisen wir!«

Natürlich ist das Wasser auf die Mühle der Frau Mama!

Nun glaubt sie wohl, ihre Pläne durchführen zu können!

Aber weit gefehlt!

Klarheit soll sein um sie!

Sie will sofort wissen, was los ist.

Gleich, auf der Stelle.

Sie geht eilends an die Kammertür ihrer Nichte: »Roserl! – Roserl!«

Die erstickte Stimme des Mädchens erwidert leise: »Tante?«

»Ich möcht' was reden mit dir, Roserl.«

»Ich kann jetzt nichts reden, Tante. Vielleicht später.«

Man hört leises Weinen durch die Tür.

Die Tante ist voller Zorn und Mitleid – voller Neugier und Entschlossenheit.

»Roserl, ich muß dich bitten, daß du mir gleich aufmachst!«

Sie wartet eine kleine Weile.

Drinnen wird das Weinen mühsam unterdrückt.

Über die Stiege herauf aber kommt Franz.

Die Tante winkt ihm Schweigen zu und bedeutet ihm, er möge zu ihr treten. Dann wiederholt sie abermals: »Roserl, bitte, mach mir sofort auf, wenn du nicht willst, daß ich dir ernstlich bös werd' und nicht mehr nach München mitgehe!« Das hilft.

Langsam wird der Schlüssel umgedreht, und Tante Adele öffnet die Tür ein wenig.

Rosel steht am Waschtisch und ist bemüht, die Spuren der Tränen vom Gesicht zu entfernen.

Da zieht die Dame ganz unbemerkt Franz hinter sich ins Zimmer und schließt die Tür ab.

Durch das Geräusch des Schlüsselumdrehens aber wird Rosalie erst aufmerksam und schaut sich fragend um – und sieht sich Franz gegenüber, den sie doch nimmer treffen wollte und nimmer sehen!
Und der Bursch steht da und tut, als könnt' er nicht bis fünf zählen. Ganz voller Verlegenheit ist er, und seine Augen hängen an ihr wie an einem Heiligenbild!
Und die Tante lächelt ihr feines Lächeln und sagt dann: »Soo. Also beisammen hätt' ich euch nun. Und jetzt will ich wissen, was es gegeben hat, daß mir das Mädl nicht mehr hierbleiben will! Weißt du es, Franz?«
Sie wendet sich absichtlich zuerst an den Burschen; denn sie vermutet, von ihm die Wahrheit zu hören, da sich so ein ungeschniegelter und etwas schwerfälliger Bauer doch sicher nicht so rasch herauswinden und -reden kann wie zum Beispiel ihre Nichte, die Rosel! – Aber was sie da erfährt, ist dergestalt, daß sie sich setzen muß!
Denn Franz sagt ihr ganz kurz und bündig: »Geben hats gar nix, Frailein. Aber geben tuats bald was. Und zwar a Hochzeit. I heirat d' Roserl, bals Eahna net unrecht is. Der Vater is net dawider, sagt er. Und d' Muatta muaß si halt damit abfinden. Und d' Roserl wird aa net naa sag'n, denk i. Was moanst, Roserl?«
Rosalie ist bleich geworden und wieder brennrot.
Also da ist sie schon, die Frage! Ganz klipp und klar.
Und ebenso klar wird ihre Antwort sein: Nein, Franz!
Sie würgt an dem Wort. Aber es will nicht über ihre Lippen!
Da steht der Bub und sucht nach ihrer Hand – zieht sie ganz nahe an sich, schlingt seinen Arm um ihre Hüften und fragt ganz leise mit zärtlicher Stimme: »Was sagst, Roserl? Magst mei liebe Schiermoserin werd'n? – Magst mi als dein Buam? – Geh, sag halt a Wörtl!«
Wie soll da ein Nein herauskommen!

Rosalie spürt, wie sie ein Zittern befällt, wie alle ihre Vorsätze gleich einem Kartenhaus zusammenfallen, und sie kann's nicht ändern: ihre Augen, ihr Mund, ihre Hände – sie sagen ja!

»Ja, Franzl. In Gottsnam. Recht is 's ja net. Aber i kann net anders. Bei dir is mei Hoamatl. Bei dir ganz alloa.«

Tante Adele sitzt still und mit weitgeöffneten Augen auf ihrem Stuhl.

Das Glück hat sie sich nicht geträumt, heute! – Aber – Gott sei Dank – die Hauptsach' is, daß sie sich gefunden haben, die beiden! Sie faltet unwillkürlich die Hände und murmelt einen Segenswunsch.

Und sie erhebt sich zufrieden und schließt die Tür auf, um hinüberzugehen zu ihrer Schwägerin und ihr die Verlobung ihrer Tochter mitzuteilen.

»So schonend als möglich!« meint sie lächelnd. »Denn wenn deine Mutter ihren Assessor so sang- und klanglos in die Versenkung fahren sieht, wird sie wohl die Kränke kriegen.«

Sie nickt Franz freundlich zu, indem sie seine Hände schüttelt, küßt Rosalie mit mütterlicher Zärtlichkeit auf die Wangen und geht.

Und Franz nimmt Rosel bei der Hand und geht mit ihr zum Vater, um ihm das liebe Bräutl vorzustellen und sein: »G'segn dirs Gott« zu hören.

Tante Adele öffnet nicht ohne Herzklopfen die Tür zum Zimmer der Schwägerin. Ein wenig erfaßt sie noch die Angst, da sie sich die Szene ausmalt, die wohl folgen wird, wenn die Rätin von der Verlobung ihrer Rosalie hört. Daher geht sie ziemlich gedrückt und zögernd gleich einem Kinde, das einen schlimmen Streich gemacht hat und sich nun seine Strafe dafür holen soll.

Ganz lautlos schließt sie die Tür hinter sich und wirft einen unsicheren Blick durch die Stube.

Aber sogleich verfliegt ihre Beklemmung, denn die Rätin sitzt friedlich schlafend inmitten ihrer Körbe und Pakete, ihrer Koffer und Sofakissen. Und sie gewährt einen so erheiternden Anblick, daß Adele unwillkürlich ein leises Lachen ankommt.

Zugleich aber empfindet sie eine kleine Schadenfreude darüber, daß die Schwägerin, die gerade in den letzten Tagen der Hochmut und Dünkel selber war, nunmehr so hübsch von ihrem Thronsessel herabgesetzt und auf den Boden rauher Wirklichkeit gestellt werden soll.

Und aus dieser Freude heraus kann sie die alte Dame nicht mehr schlafen lassen, sie muß etwas tun, um sie aus ihrem Schlummer zu schrecken.

Daher stößt sie schmunzelnd in scheinbarer Unachtsamkeit einen niederen Hocker um, auf dem allerhand Fläschchen und Gläser stehen, und wartet auf die Wirkung.

Diese ist dem Einschlag des Blitzes gleich: die Rätin fährt mit einem lauten Schrei in die Höhe, ist einen Augenblick wie betäubt und wimmert dann wie ein erschrecktes Kind: »Was war das? Was ist passiert? Hilf mir doch, Adele! Was ist mit mir geschehen?«

Erst allmählich, da sie das spitzbübische Lächeln der Schwägerin bemerkt, weicht der Schreck, und sie wirft einen suchenden Blick in der Stube umher.

Da, ein neuerlicher Aufschrei.

»Adele! Um Himmels willen! Meine Tropfen! Und die Hautcreme! Und das Kölnische Wasser! Das liegt ja alles auf dem Boden! Um Gott! Und das Bitterwasser fließt ja aus! Was hast du bloß gemacht?«

Sie steht gar nicht erst lange auf, sondern kriecht gleich auf allen vieren, um alle Fläschchen zu retten und die Scherben aufzulesen.

Dazu jammert sie laut über das Unheil und redet sich in einen ordentlichen Zorn auf die Schwägerin hinein.

Diese hat sich immer noch schmunzelnd auf einen Stuhl gesetzt und denkt: »Jetzt ist die Stimmung günstig; jetzt lassen wir die Bombe platzen!«
Und gerade, als die Rätin den verstreuten Puder mit zwei Glasscherben sorgsam zusammengestreift und wieder in die Büchse faßt, sagt sie: »Ich hab eine Neuigkeit, Schwägerin!«
Die aber hört kaum vor Grimm und Ärger. Eben schickt sie sich an, ein paar Stäubchen aus dem Puder zu blasen.
Da fährt Adele fort: »Unsere Roserl wird *nicht* den Assessor heiraten. Sie hat sich eben *hier* verlobt ...«
Weiter kommt sie nicht mit ihrer Neuigkeit, denn die Rätin hat vor Schreck so stark in den Puder geblasen, daß sie aussieht wie ein Mühlknecht, was Adele so zum Lachen bringt, daß sie momentan nicht sprechen kann.
Ihre Schwägerin aber ringt nach Luft: »Waa ... as sagst du da ... Adele ...?«
»Daß Roserl sich eben hier verlobt hat, liebe Schwägerin!«
»Das ist doch Unsinn! Rosalie *ist* doch längst verlobt!«
»Aha. Jetzt kanns losgehen!« denkt sich Adele nicht ohne Bosheit. Und sehr laut und bestimmt wiederholt sie noch einmal: »Es ist, wie ich dir sagte; Rosalie hat sich *hier* verlobt.«
Die Rätin rappelt sich vom Boden auf und versucht, eine hoheitsvolle Haltung einzunehmen.
»Das glaube ich nicht!« sagt sie. »Davon hätte mich meine Tochter vorher verständigt!« Adele schmunzelt.
»Und wenn deine Tochter einmal ausnahmsweise dich nicht verständigt hätte?«
»Dann würde ich einfach entschieden nein sagen!« braust die alte Dame auf. »Und wenn's ein Prinz wäre!«
»Das ist er gar nicht einmal!« fährt's Adele heraus. »Nicht einmal ein Assessor!« – Die Rätin wird unsicher. »Du willst doch nicht etwa sagen, liebe Adele, daß meine Rosalie ...«

»Sich mit Franz Schiermoser soeben verlobt hat!« ergänzt diese lachend. »Und zwar ganz ohne alle Zeremonien!«
Die Wirkung ihrer Worte ist furchtbar.
Die Rätin stößt einen heiseren Schrei aus, ihre Arme fuchteln wild in der Luft herum, und dann bricht ein wahrer Sturm der Entrüstung, des Schmerzes und Zornes los.
Sie zertrümmert ein Glas ums andere, ein Parfümfläschchen ums andere, rauft sich das Haar und rennt wie toll geworden in der Stube hin und her.
»Das ist eine Infamie!« ruft sie aus. »Das ist eine himmelschreiende Infamie! – Mit diesem Bauern hat sie sich ... Ohne Rücksichten! – Ohne Grundsätze! – Ohne Stolz und Standesgefühl! – Das ist hanebüchen! – Das ist einfach unglaublich! – Aber daraus wird mir nichts! Und wenn ich mich auf den Kopf stellen sollte ...«
»Was du aber gescheiter bleiben läßt!« meint Tante Adele nicht ohne Spott. »Denn es würde erstlich deiner Frisur schaden und zweitens sich doch gar nicht schicken ... für eine Dame von Stand ...«
Sie muß sich ducken, denn eine Blumenvase kommt geflogen.
Und die Rätin tobt wie eine gereizte Tigerin.
Aber mittendrin schaut sie in den Spiegel und besieht sich.
Und der Anblick ihres mehlbestäubten, halb aufgelösten Ichs bringt ihr plötzlich wieder ihre gute Erziehung in Erinnerung.
Sie entfernt hastig den Puder vom Gesicht, ordnet das wirre Haar, bürstet das Kleid ab und sagt dann mit theatralischer Geste: »Ich reise sofort ab. Ich sage mich los von euch. Und ich werde das ungeratene Ding schon strafen. Ich enterbe sie.«
Leider übt auch dies keine Wirkung auf die lächelnde Schwägerin aus. Adele meint nur, wo nichts ist, hätte auch der Kaiser das Recht verloren zu erben.

Worauf die Rätin schluchzend das Taschentuch an die Augen führt, den unglücklichen Assessor beklagt, ihren Reisemantel anzieht, den englischen Hut mit dem Schleier aufsetzt und sich darnach trotz Gicht und Altersschwäche auf den Weg zur Bahn macht.
Tante Adele läßt sie ruhig gehen, lacht leise in sich hinein und murmelt: »Das wär gscheh'n. Das ist leichter gegangen, als ich gehofft hab. – Jetzt gehts hinter sie selber – hinter die Schiermoserin.«

17

Hinten im Austraghäusl des Schiermoserhofs sitzt die Bäuerin wie eine Kreuzspinne am Fenster und lauert hinter den geblumten Kattunvorhängen, damit ihr nichts auskommt, was vorn im Hof geschieht.
Und so bleibt ihr nicht verborgen, daß ihr Franz Hand in Hand mit dem Stadtfräulein zur Tenne geht, wo sie ihren Schiermoser an einem Treibriemen herumhantieren sieht.
Lachen und Scherzen dringt zu ihr hinüber und hinein in ihre stille Kammer, darin nur ein paar Herbstfliegen summen und die alte Uhr ihr steifes Ticktack hackt.
Sie ist zusehends alt geworden, die gute Schiermoserin.
Die Trennung von den Ihren, dies tatenlose, hinbrütende Leben taugt ihr nicht und macht sie ganz krank und serbend.
Das Brüllen ihrer Kühe, das Blöken der Kälber, das Gakkern der Hennen schneidet ihr tief ins Herz und macht ihr ein Heimweh nach dem Hof und Stall, nach Kuchel und Speis, nach dem gewohnten Tun und Schaffen, daß sie oft vermeint, sie müsse aufspringen und hinüberrennen zu ihren Leuten – zu ihrem Vieh.
Aber da ist ihr Bauernstolz – ihr Bauernschädel, ihr eigen-

sinniger und halsstarriger. Und er läßt es nicht zu, daß sie nachgibt.

»Lieber bis zum letzten Schnaufer und Seufzer hier am Fenster hocken und Trübsal blasen, als mit der da drüben in einem Haus zusammen leben!« denkt sie.

Und ihre Mutter bestärkt sie noch täglich und stündlich in ihrem Starrsinn und Haß. Der alte taube Vater freilich mag nichts wissen von Zank und Streit, von Hader und Verdruß. Auf ihn hört man aber nicht. Und um des lieben Friedens willen tut er scheinbar, wie die beiden wollen.

Im geheimen aber geht er noch oft hinüber in Stall und Tenne, ins Haus und in die Stadel und bastelt und hantiert wie sonst.

Und da er taub ist, so trägt er weder seinem Weib und seiner Tochter etwas zu noch denen vorn im Hof. Für ihn ist die Welt schön und gut, so wie sie gerade ist, und er begreift nicht, daß die Leut' darin nicht Platz haben.

Er liebt Mensch und Vieh und kennt auch nicht den Unterschied zwischen Stadt und Land, denn er kam nie aus seinem Heimatgau hinaus. Alle aber, die ihm innerhalb desselben in den Weg treten, begrüßt er mit fröhlichem Gruß. Denn er hört nicht den Gegengruß, klingt der nun kalt oder warm, herzlich oder abweisend, spöttisch oder teilnehmend. Und so hat er auch für Rosalie jedesmal ein Scherzwort, ein freundliches Lachen, ein wohlwollendes Kopfnicken. Darnach macht er sich zufrieden wieder davon. –

Die Schiermoserin hat derweil von ihrem Fenster aus die Rätin reisefertig aus dem Haus gehen sehen, und sie sucht vergebens nach einer Lösung dieses Rätsels.

Denn etwas Besonderes muß da wohl vorgefallen sein, daß die so mittendrin davonläuft! Aber was?

Am Ende ist die Junge bloß zum Pfüatgottsagen mit dem Buben in die Tenne?

Sie wollten ja doch schon morgen reisen, sagt die Barbara.

Vielleicht wird doch das Haus bald wieder rein von dieser Stadtbrut, von dieser ganz gefährlichen!
Da kommt auch das alte Fräulein aus der Haustür.
Aber . . . die geht ja auf das Austraghäusl zu!
Die wird doch nicht gar zu ihr wollen?
Die Schiermoserin rückt unruhig auf ihrem Sessel hin und her und reckt sich schier den Hals aus vor lauter Schauen.
Wahrhaftig! Die kommt pfeilgerade ins Haus herein!
Was sie wohl will von ihr?
Die Stimme gehorcht ihr kaum, da sie auf das Klopfen eine Antwort geben will. Aber sie strafft sich unwillkürlich zur Höhe und sitzt kerzengerade, als die Tür langsam und knarrend aufgeht und Tante Adele mit einem lebhaften: »Ja, grüaß di Good, Schiermoserin!« in die Kammer tritt.
Rauh erwidert sie bloß ein kurzes: »'ß Good aa.«
Dann wartet sie mit krampfhaft zurückgedämmter Neugier auf das, was kommt.
Und Tante Adele läßt sich nicht lange bitten, die redet frei von selber und sagt, was sie auf der Leber hat.
Und da sie die Gesinnung der Schiermoserin kennt, so beschränkt sie sich dabei auf das Notwendigste.
»Also, Schiermoserin«, sagt sie, »daß i dir's z'wissen mach: Unser Roserl und euer Franzl hab'n in sechs Wochen Hochzeit. – Sie kriegt sechzehntausend Mark bar's Geld und ihre Aussteuer. Außerdem laß i ihr an sauber'n Kuchelwag'n zuaricht'n. Balst gern z'sammhaus'st mit ihr, is's uns recht – wenn net, nachher machts aa nix. Nachher wirds alloa aa firti drent. Soo, und jetz hab i no unser Schuldigkeit für d' Sommerfrisch' zu bereinigen, und nachher geh' i wieder.«
Damit legt sie ein paar Banknoten auf den Tisch, läßt die Schiermoserin in einer sprachlosen Betäubung und Wut zurück und geht langsam die Stiege hinab und hinüber zum Bauern in die Tenne, um auch ihm zu sagen, daß

Rosalie nicht das arme Maidl wär', für das man sie etwa halte.
Und am Abend dieses Tages, nachdem sie noch alles für die Abreise zurechtgemacht hat, legt sie sich zufrieden in ihre Kissen zurück und murmelt: »Soo. Das Nest hätt'n wir gerichtet. Hoffentlich sitzen sie gut, die zwei!«

18

Der Tag, an dem sich dies alles zugetragen hat, ist der Freitag vor Kirchweih.
Kirchweih! Bauernkirta!
Schon am Kirchweihsamstag beginnen die Vorbereitungen zu diesem Fest, dem üppigsten und größten des ganzen Jahres.
Und so ist auch auf dem Schiermoserhof am andern Tag Rüsttag für die Kirchweih.
Und wenn es die Schiermoserin bis dahin nicht bedauert hätte, daß sie Haus und Hof verlassen, an diesem Tag hält sie's kaum aus an ihrem Fensterplatz.
Schon früh um vier Uhr schlurft die Barbara in den Hühnerstall und hinüber zu den Gänsen.
Ein kurzes, aufgeregtes Geschrei und Gegacker – dann kommt die Tochter wieder zum Vorschein. In der einen Hand zwei Hühner mit durchschnittenen Hälsen, in der andern eine schwere Gans.
Und dann tritt der Schiermoser aus dem Haus, gefolgt von seinem Sohn, dem Franz, und Rosalie, deren werktätige Hilfe sich der Bauer für das Fest erbeten hatte.
Die Tenne wird geöffnet, ein großer Tisch, der Backtrog voll heißen Wassers und eine Schüssel voll Pech stehen bereit. – Der Schiermoser zieht die quieksende, schreiende Kirchweihsau aus dem Stall.

Die Schiermoserin zerrt und reißt an ihrem Schürzenband – an dem Vorhang – an ihrem Rosenkranz.
»Was? Dees Weibsbild derf statt meiner mithelfa beim Abstecha? Sie derf 's Bluat rührn vom Schiermoser seiner Kirtasau? Naa, i halts nimma aus . . . i muaß abe . . .«
Schon ist sie an der Tür.
Aber da dringt schon der kurze Schrei des Tieres, der dumpfe Schlag des Holzschlegels und das Rufen des Schiermosers an ihr Ohr.
Und die Alte kommt eben in dem Augenblick die Stiege herab und sagt: »Hast es gsehgn, Rosina! Sie muaß mithelfa! Dees kinnan guate Kirtawürscht werdn, bals dee Stadtgoaß macht. Macht nix. Die sollns nur einkenna, was a rechte Bäuerin is und was koane.«
Jawohl. Recht hat sie, die Großmutter. Die sollen's nur einsehen! Jetzt, heut und morgen wird sich's ja zeigen, was sie taugt auf einem Bauernhof, die Städterin.
Und sie setzt sich mit wildklopfendem Herzen wieder an ihren Platz.
Aber drüben auf dem Hof geht alles seinen Gang.
Das Schwein wird geschlachtet, gebrüht, geputzt und zerteilt; es hängt, schön mit leinenen Tüchern bedeckt gegen die Fliegen, luftig in der Tenne, und die Mägde sind schon beim Putzen und Zurichten der Ingeweide.
Und nach diesem werden die Leberwürste und die Leberknödel, der Blutpressack und die Milzwurst bereitet, und schließlich geht's an das große Putzen und Aufwaschen.
Denn nun heißt's, die Kirtanudeln und Krapfen backen, und dazu muß die Kuchel rein und sauber sein.
Den Nudelteig hat inzwischen schon des Schiermosers zweite Tochter, die Mariedl, abgeschlagen und als kleine Kräpflein auf die mehlbestäubten Bretter gereiht.
Nun schürt sie das Feuer zur lustigen Flamme, die Barbara schleppt die großen Nudelpfannen und Schmalzhäfen her-

bei, und Rosalie stellt die bemalten Schüsseln, in denen die Krapfen auf den Tisch kommen, zurecht.
Es geht wirklich und wahrhaftig, ohne daß eins aus dem Haus herüberkäme zu ihr, der Schiermoserin, und bittet: »Geh, Bäuerin, hilf uns; Kirta is!«
Sie werden wirklich fertig ohne Bäuerin.
Ein unendlicher Grimm und eine trostlose Bitterkeit kriecht in der Schiermoserin herauf. Es würgt in ihrem Hals und schüttelt sie in hartem Weinen.
Und drüben im Hof geht der Tag seinen Gang in hurtigem Schaffen, gewürzt mit Lachen und Scherzen, mit Essen und Trinken.
Denn Franz hat bereits das erste Faß mit Kirtabier im Hausflöz auf die Bank gestellt und angezapft.
Und nachmittags um drei, da ringsum die Kirchenglocken das Fest einläuten, da tönt aus dem Haus der erste Juchschrei, die Zither erklingt, und ein lustiges Singen und Jodeln hebt an.
Und dann hört man das Stampfen der tanzenden Burschen und das Lachen der Dirnen.
Gegen Abend kommen dann die jüngeren Leute aus der Nachbarschaft in den Heimgarten.
Der Schiermoser trägt die beiden Hälften der Kirchweihsau in die Kuchel, und Franz richtet in der Tenne die große »Kettenhutsche« her.
Dazu schleppen die Nachbarburschen eine Menge schwerer Kuhglocken herbei. Diese werden schaukelartig an den mächtigen Querbalken der Tenne befestigt; die eine beim vorderen Tor und die andere beim rückwärtigen. Und diese beiden Kettenschaukeln werden nun verbunden durch zwei aufeinandergelegte, leichtlich sieben bis acht Meter lange Bretterladen aus gutem Eichenholz.
Das Aufmachen der Kirchweihhutsche ist eine Ehrensache bei den Bauernburschen; denn da oft bis zu fünfzehn Per-

sonen auf dieser sitzen und schaukeln, muß sie sehr gewissenhaft gekettet und befestigt sein.
Nach dem feierlichen Abendessen wird dann die Hutsche ausprobiert von sämtlichen Burschen und Mädchen des Hofs.
Und so kommt es, daß die Schiermoserin und ihre Mutter noch spät abends das Rasseln der Ketten und das Knarren der Bretter, das Scherzen der Burschen und das Kreischen der Maidln hören müssen und keine Ruhe finden und keinen Schlaf bis tief in die Nacht.

Kirchweihsonntag.
Der dämmernde Morgen wird begrüßt von dem festlichen Geläute der Glocken ringsum; es rufen die alten, tiefen der großen Pfarrkirchen ernst und feierlich, und es klingen die kleinen Glöcklein der Kapellen hell und silbern hinaus in die Täler und hinauf an den Hügeln, schwingen und singen droben auf den Höhen und erfüllen die Luft mit ihrem vom Windhauch getragenen Ton wie ein Lied vom Himmel.
Droben auf den Bergen ringsum stehen die Böller und schicken krachend und donnernd ihren Ruf hinaus ins Gau: »Auf! Kirchweih ist!«
Und ihr Krachen bricht sich an den Wäldern und Höhen, wird zum rollenden Donner und erzittert endlich als vielstimmiges Echo an den Fenstern der Bauernhöfe ringsumher. Da wirds lebendig in den Häusern.
Der Bauer bindet das buntseidene Halstüchl sorgfältiger, zieht das samtene Gilet mit den silbernen Knöpfen an und bürstet lange an dem schweren wattierten Kirchenrock herum.
Die Bäuerin prangt im seidenen Gewand mit perlenbesetztem Fürtuch; sie hat das Haar gestrählt und pomadisiert und trägt eine feierlich-andächtige Miene zur Schau.

Der alte Großvater nimmt den langen tuchernen Festtagsrock aus dem Kasten, zieht die glänzenden Kanonenstiefel über die engen Lederhosen und zählt die Kreuzer zum Biergeld in seinem altmodischen Zugbeutel.
Die Burschen und Knechte stehen lachend und stänkernd in der kurzen Wichs unter der Haustür, richten den Flaum am Hut, horchen auf die Sackuhr, ob sie geht, und probieren die Schärfe des Messers, ehe sie es im hinteren Hosensack verschwinden lassen.
Die Töchter und Mägde aber schwatzen und kichern, richten zum drittenmal das Haarnest und zum viertenmal die Halsbarbe, zupfen an den Röcken und glätten die Schürzen, behängen den Hals mit Ketten und bestecken den Spenzer mit Broschen und Nadeln.
Und endlich versammeln sich alle drinnen in der großen Stube; die Bäuerin breitet das schwere linnene Festtagstafeltuch auf dem Eßtisch aus, die Tochter oder die Oberdirn stellt die Krapfenschüssel drauf, und die Kucheldirn trägt die Kaffeesuppe herein.
Der Bauer betet den Morgengruß und bittet den himmlischen Vater um seinen Segen für Speis' und Trank, und dann beginnt die Kirchweih: zum Morgenimbiß Krapfen, Kücheln und Kirchweihbrot mit Kaffee, Brennsuppe und Leberwürsten.
Nach der Kirche beim Postwirt oder beim Oberwirt, beim Unter- oder beim alten Wirt die Kirtamaß für den Heimweg. Und daheim der Festtagsschmaus!
Die Mannsbilder ziehen schon vor dem Essen die Joppe aus und setzen sich hemdärmelig um den Tisch.
Dann gehts in schöner Ordnung und nach altem Brauch und Herkommen: erst kommt die Schüssel mit dem Kraut und den Blutwürsten; dann das Voressen. Darnach die Fleischsuppe mit den Leberknödeln, das Rindfleisch und die roten Rannen. Nun füllt der Hausvater die Bierkrüge.

Die Bäuerin aber trägt weiter auf: den schweinernen Braten und die Kirchweihgans, die gebackene Milzwurst und den gedämpften Gockel.
Die Weiberleut beginnen langsam zu seufzen, und die Mannsbilder knöpfen bedächtig die Knöpfe des Gilets und der Hose auf.
Aber der Hausherr hilft abermals nach mit frischem, gutem Trunk.
Und so geht das Essen seinen Gang weiter: nach dem Gockel kommt das Kälberne auf den Tisch und nach diesem die Apfelküchel, die roggernen Schmalznudeln und die weizernen Kirchweihkrapfen.
Den Dankgott betet die Bäuerin meistens für sich allein. Denn die anderen Glieder des Hauses sind ernst und schweigend hinausgegangen – in den Stall – in den Hof – hinter das Haus.
Eine gute Kaffeesuppe aber bringt wieder Munterkeit und wirkt befreiend. Man lacht wieder, scherzt, stänkert und ist endlich in der Stimmung, die zum Kirtatag gehört.
Der eine nimmt die Zither zur Hand und der ander die Harmonika, der Oberknecht faßt die Unterdirn um die Mitte, hebt sie juchzend in die Höh, und bald ist alles im Wirbel des Tanzes und im Trubel der Lust des Tags.
Und was nicht Essen und Trinken, nicht Tanzen und Singen zuweg brachten, das erreicht die Hutsche.
Kreischend und lachend sitzen die Weiberleut auf dem langen Brett; ein paar stämmige Burschen stehen an den Enden der Hutsche auf dem äußersten Rand und umklammern mit ihren Fäusten die langen Ketten.
Der Musikantenlippel spielt auf der Ziehharmonika einen Marsch, und die Burschen beginnen langsam die Schaukel zu treten.
Erst ganz bedächtig, die Haltbarkeit nochmals überprüfend, bewegen sie die Hutsche; aber bald werden sie kühner,

erhitzen sich an dem Juchzen der Burschen und an dem Kreischen der Maidln und werken nun mit voller Kraft.
Hei! Da flattern die Röcke und zappeln die Beine!
Da bittet manche herrische und anhabische Dirn den sonst so verhaßten Bewerber um Gnade!
Da kommt ein Rausch über alle, die noch jung sind und Blut haben in ihren Adern!
Das ist die Stunde, von der man noch kichernd und verstohlen spricht, wenn längst die Kirchweih vorüber und der Winter in die Bauernhöfe eingezogen ist. Wenn die Jugend beisammensitzt in der Spinnstube und die Alten sich erwärmen auf der langen Ofenbank. – Wie überall an diesem Tag, so ist es auch auf dem Schiermoserhof.
Ein Kirchweihtag voller Lust und Genuß, voller Freud und Ausgelassenheit.
Rosalie ist auch heute die Seele des Ganzen – die Bäuerin.
Sie läuft und schafft, kocht und werkt, hat die Händ voller Arbeit und das Herz voller Lust. Und Tante Adele hilft getreulich mit beim Kochen und Backen, beim Essen und Trinken, beim Lachen und Lustigsein.
So kommt's, daß die gute Schiermoserin samt ihrer alten Mutter vergebens der Stunde des Tages harren, da eine oder die andere von den Töchtern gelaufen kommt, um zu betteln: »Geh, Muatta, hilf! Der ganze Kirta is beim Teife, balst net kimmst. Dees Stadtweiberts hat uns den ganzen Kirta verhunzt!«
Nein. Nichts dergleichen rührt sich.
Nur das Gansdirndl bringt gegen Mittag die Botschaft: es wär alles fertig und wenn die Schiermoserin Lust hätt, herüberzukommen zu einem kleinen Schmaus . . .
Daß unser Herrgott sie davor bewahre!
So gern sie etwas verkosten möchte von den Gerichten, die dieses Weibsbild zubereitet hat!
Sie kanns überwinden!

Und mit Verachtung auf den Lippen, Groll in den Augen und bitterem Weh im Herzen setzt sie sich einsam an ihren Tisch und würgt hinunter, was vom Tag vorher noch da ist: ein harter Knödl und ein wenig Kraut.
Darnach kleidet sie sich festlich an und geht hinab nach Glonn zum Rosenkranz und zur Vesper.
Indes der Schiermoser, ihr Eheherr, wie ein Junger daheim durchs Haus läuft, lacht, scherzt, mit keinem Gedanken sich seines trutzigen Eheweibs erinnert und zu guter Letzt Rosalie sogar um einen Tanz angeht, indem er sagt: »I muaß wissen, obst aa a so a riegelsame Tanzerin bist wia a Bäuerin!«
Im Herzen aber denkt er: Eine bessere Hochzeiterin hätt er nicht finden können, der Franzl, und wenn er suchen wollt zwanzig Stunden im Umkreis. Bei diesem Kegelschieben hat sein Bub den besten Wurf getan!

Assessor von Rödern wundert sich schon seit geraumer Zeit, daß seine Braut so gar nichts mehr von sich hören läßt.
Außer ein paar nichtssagenden Kartengrüßen hat er von Rosalie nichts erhalten, was ihn irgendwie ihrer Zuneigung hätte versichern können.
Die Rätin allerdings schrieb fleißig.
Aber ihre Briefe sind stets von einer schwulstigen Schönrederei, von einer so unangenehm geschraubten Art, so gedrechselt und so gewunden, daß er sich am End nicht mehr darin zurechtfinden kann.
Was nützen ihm all die Redensarten der Mutter, wenn die Tochter nicht jene Worte findet, die man als Verlobter doch schließlich beanspruchen kann!
Ist er denn nun eigentlich Bräutigam, oder ist er's nicht?
Er will sich Klarheit schaffen. – Sofort.
Und so findet ihn der leuchtende, schier sommerliche

Oktobersonntag, an dem bei den Bauern Kirchweih ist, auf dem Weg nach Berganger.

Er hat noch einen Freund dazu eingeladen, und sie wollen zugleich eine kleine Wanderung durch den Herbst mit dieser Reise verbinden.

Es ist bald um die Stunde des Abendessens.

Die Lust und der Trubel des Kirchweihtags ist aufs höchste gestiegen; der dritte, vierte Banzen wird angezapft, und die Kirchweihschaukel beginnt zu quieksen und zu knarren bei jedem Schwung.

Franz Schiermoser hat mit dem Oberknecht das Treten der Hutsche übernommen.

Und Rosalie sitzt nun gleich den Töchtern und den andern Mädchen auf dem Brett, lachend und voller Übermut.

Da kommen zwei Wanderer des Wegs, schauen verwundert auf die Szene und nähern sich langsam, angezogen von dem Lärmen und Lachen und der Musik, der Tenne.

In diesem Augenblick gibt Franz Schiermoser das Zeichen zum Halten.

Die Burschen springen hinzu, halten die Schaukel an und bemächtigen sich der schreienden Dirnen.

Und der Franzl springt herunter vom Brett, hilft Rosalie herab, wirbelt sie etliche Male im Kreis herum und hebt sie darnach juchzend in die Höhe.

Draußen vor dem Tor steht der Assessor mit seinem Freunde.

»Indianerfreuden!« sagt dieser mitleidig. »Sie sind doch noch Wilde, diese Bauern!«

Der Assessor will antworten.

Da erkennt er Rosalie.

Sieht, wie Franz Schiermoser sie in den Armen hält, küßt, mit ihr tanzt, sie wegführt!

Da wendet er sich schweigend ab und folgt dem Freunde.

Etliche Tage später empfängt Rosalie einen Brief, der wei-

ter nichts enthält als die Worte: »Ich betrachte unsere Verlobung als gelöst. von Rödern.«
»Na also!« sagt Tante Adele. »Es geht doch alles, wie es gehen soll. Morgen fahren wir zurück in die Stadt und rüsten den Brautwagen!«

19

Franz Schiermoser ist also Hochzeiter und ist sehr zufrieden und glücklich darüber.
Denn er sagt sich, daß er mit Rosalie niemals verspielt haben wird.
Und was die Leut' sagen werden, das bekümmert ihn nicht. Er mischt sich auch nirgends drein.
Sollte aber wirklich einer den Mund allzu weit auftun über die Sache, so würde er ihm den schon schließen auf eine Art und Weise, daß er eine Zeitlang auf Gott und die Welt vergißt.
Und so beginnt er gemeinsam mit seinem Vater und dem Alten das Haus für die neue Bäuerin zu richten und zu verjüngen.
Denn alte Wänd' und morsche Böden taugen nicht für ein junges Leut' und ein frisches Blut.
Rosalie aber sitzt derweilen drinnen in der Stadt und näht und stickt und probiert dies und das, läuft mit Tante Adele von Laden zu Laden und treibt die Handwerksleute zur Eile an.
Ihre Mutter, die Rätin, ist mit Sack und Pack abgereist zu einer von ihren verheirateten Töchtern, um sich dort auszuweinen über die unglaubliche Kränkung, die ihr durch Rosalies Heirat zugefügt wurde.
Sie tut wirklich, als wollte sie jedes Band zwischen sich und ihrer Tochter zerreißen.

Tante Adele freilich meint, das geschehe alles bloß, um nach außen hin »Eindruck zu schinden« als unglückliche Mutter; im Innern sei sie ganz gewiß zu Tod froh, daß ihre Tochter einen Bauernhof im Wert von mindestens achtzigtausend Mark und leichtlich an die zwanzigtausend Mark bares Geld erheiratet.

Und sie ärgert sich bei dem Gedanken, daß es die Rätin doch nun so gut haben könnte, wenn sie nicht so ein hochmütiges Frauenzimmer wär'!

Sie selber opfert willig ihre ganzen Ersparnisse, ihre Zeit und ihre Ruhe für das Bräutl; »denn«, meint sie, »wenn ich mich nicht kümmere um das Mädl, wer soll's denn tun? – Sie wird ihre alte Tante schon nicht vergessen, die Rosl.«

Das hat Rosalie auch gar nicht im Sinn.

Vielmehr hat sie sich bereits von ihrem Hochzeiter ausgebeten, daß Adele jeden Sommer als Gast auf dem Schiermoserhof weilen darf.

Und Franz fand nichts Unbilliges an der Bitte und meinte: »Dees kannst halten, wie d' magst, Roserl.«

Also wird fröhlich der Tag genützt und die Stunde, auf daß alles gut und recht wird zur Hochzeit.

20

Schon seit Menschengedenken pflegen die Bauersleute den Brauch, daß sie um die stille Zeit des Advents keine laute Hochzeit machen.

Ja, manche sagen sogar, man solle zwischen Kathrein und Heiligdreikönig überhaupt nicht heiraten, denn die um dieselbige Zeit geschlossenen Ehen schlügen gar oft zum Unglück aus.

Ob der Volksglaube dabei an das Walten böser und unholder Mächte gemahnt, oder ob er dem Unsegen religiöse

Ursachen und Wirkungen zugrunde legt, darüber denkt kaum einer nach; aber tatsächlich müssen schon zwingende Beweggründe vorhanden sein, daß sich ein versprochenes Paar in den Wochen des Advents einsegnen läßt.
So etwa, daß die Hochzeiterin nicht mehr weit hin hat, bis sie eine Wiege neben das Ehebett stellen muß.
Oder daß ein Hochzeiter gar geschwind ein goldenes Bremsscheit braucht, um den rollenden Bankerottskarren noch schnell aufzuhalten, ehe er ihm sein ganzes Heimatl über den Haufen fährt.
Aber daß einer bloß um der Ehe selber willen in der stillen Zeit heiratet, das ist gegen Brauch und Herkommen und fordert das Gerede der Leute heraus.
Und so darf es Franz Schiermoser nicht wundernehmen, wenn heut, am dritten Sonntag im Advent, ganz Berganger und die Leute der umliegenden Orte des Kirchspiels von ihm reden, die Köpfe schütteln und ihren Unkenruf ertönen lassen.
Denn heute hat nach der sonntäglichen Predigt der hochwürdige Herr gewiß und wahrhaftig ganz laut und deutlich von der Kanzel herab verkündigt: »Zum heiligen Stand der Ehe haben sich versprochen der ehr- und tugendsame Jüngling Franz Schiermoser, Schiermoserbauernsohn dahier, und die tugendhafte Jungfrau Rosalie Scheuflein, Rechtsratstochter aus München. Erstes Aufgebot.«
So.
Gewiß und wahr auch noch!
Wie ein Ruck geht's durch die ganze Gemeinde.
Wie hat das geheißen? – Scheuflein! – Rechtsratstochter! – Und aus München! Ja, heiratet der jetzt wirklich die Städtische? – Die Sommerfrischlerin? – Die Tochter von der alten hochmütigen Stadtmadam, von der Adligen?
Vorbei ist's mit aller Andacht und Sammlung; ein Flüstern und Murmeln geht durch die Reihen der Betenden – Ellen-

bogen stoßen sich, und die Blicke aller suchen die Kirchenstühle des Schiermoserhofs.
Aber weder bei den Mannsleuten noch bei den weiblichen Angehörigen des Hofes bewegt sich ein Mundwinkel, ein Auge – eine Miene.
Starr geradeaus schaut der Alte und sein Sohn, demütig gesenkt sind die Blicke der Großmutter, der Bäuerin, der Töchter und Mägde.
Und die Hochzeiterin selber ist gar nicht zu sehen.
Sie kniet hinter dem barocken Gitter über dem Hochaltar neben den frommen Frauen der Mädchenschule und blickt hinunter zu Franz.
Manchmal schielt eine von den armen Schulschwestern zu ihr hin – sonst bleibt sie ganz unbemerkt – bis nach der Kirche.
Da können es die Weibsleute der Gemeinde kaum erwarten, bis der Herr Pfarrer endlich sein Ite missa est gesungen und seinen Weihbrunn über sie gesprengt hat; sie rennen aus der Kirche wie die Geißen aus dem Stall und fangen draußen an zu schnattern wie eine Herde Gänse.
Hei, da geht's!
»Ja, was is denn jetz dös? Was hat jetz der hochwürdige Herr da verkünd't? Der Schiermoserfranzl heirat't! Jetz in der adventinga Zeit! Und a Stadtmadam heirat't er! – Ja hat jetz oana so epps aa scho g'hört!«
So ist die Red der einen.
Die Gegenred der andern aber ist die: »Ja Narr, ja Narr! So epps muaß der alt Schiermoser no auf seine alten Tag derleben und sie! – Heirat't der Bua a Stadtfrailein! – Ja ja. Bals die Leut gar z'guat geht, nachher werdns übermütig! – Nachher taugt eahna das rechte und guate Sach nimmer. – Nachher müassens auf d' Himmelsloater steign! – Aber insa Herrgott laßt d' Baam net bis in Himmel wachsen! Der find't seine Leut scho! Und dee aa!«

Und eine Alte meint: »Jetz in heilinga Advent! Da hat er g'wiß epps ang'fangt, der Franzl! Gleichsehng tuats eahm scho, dem Hallodri! Is alleweil schon a solchener gwen!«
Worauf wieder eine andere jammernd ihre Meinung zum besten gibt: »Es is nur grad schad um den schön'n Bauernhof! Denn lang werds net dauern, nachher schwimmt er dahinab. Wia wird denn a Stadterin an Bauernhof dahaltn kinna! Wia wird denn a solchene fertig werdn!«
Aber die Reisertalerin sagt mit ihrem frömmsten Augenaufschlag: »Ah! Net fertig werdn, moanst, tuats! Die wird g'wiß und sicherlich fertig! Mit'm Haus und mit'm Hof und mit'n Sach! Und mit eahm selber aa – mit dem Deppn! – Aber es g'hört eahm net anderscht. Eahm net und die Altn aa net! Die hättn a andere Hochzeiterin aa no finden kinna als wia so a Stadtflugga. Gibt rechtschaffene Bauerndeandln grad g'nua da umanand!«
So geht das Mühlrad bei den Weibsleuten.
Und bei den Männern?
Oh! Mög keiner sagen, daß die still wären über diese Heirat! Die habens genauso notwendig wie die Weiber!
Nur daß sie nicht auf der Straße stehen bleiben wie diese, sondern den Postwirt und den obern Wirt, den Huber- und den Unterwirt heimsuchen.
Und auch sie haben Erbarmnis mit dem schönen Hof und fragen, wer wohl unter dieser neuen Herrschaft das Essen koche und den Stall richte und die Erdäpfel stecke und einernte? Und der Nachbar des Schiermoser läßt auch seine Meinung laut werden: »Mir kann si leicht denka, wia's kemma werd: Heut werdns mei Alte holn zum Brotbacka und zum Butterausrührn – und morgn mi zum Kaibeziahng. Denn die Stadtmadam mit ihrane seidigen Nerven fallt ja gwiß und sicherlich augenblickli in d' Ohnmacht und kriagt d' Kränk, bal a Kuah kalbet! O mei, o mei. Der arme Franzl. Aber wem net z'raten is, dem is aa net z'helfa.«

»Ja ja.«
Und dabei ist aus dem Alten kein Sterbenswörtl darüber herauszukriegen, wie er über die Heirat seines Sohnes denkt!
Er schmunzelt nur, trinkt gemach seine Halbe Bier, raucht seine Sonntagszigarre und macht sich danach wieder auf den Weg hinüber zum Pfarrhof, wo sein Sohn und Rosalie das Stuhlfest feiern.
Derweil stehen bei der Leitnerkramerin so an die zehn Bäuerinnen und hecheln das Brautpaar so gründlich durch, daß auch nicht ein guter Faden an ihm hängen bleibt.
Und sie ärgern sich furchtbar, daß sie nichts Gewisses über diese Heirat wissen.
Nicht einmal Barbara Schiermoser kann mit einer Auskunft dienen!
Sie kauft nur etliche Meter himmelblaues Atlasband zum Ausputz für ihr Festgewand, sagt Grüß Gott und Adjes und geht wieder.
Dies ist natürlich ein neuer Anlaß zum Reden!
Und die alte Krautschneiderzenz meint: »Jetz i wenn Schiermoserin wär, i täts halt ganz oafach net gedulden! I saget halt ganz oafach naa, und der Handel wär aus und vorbei.«
Aber die Nachbarin des Schiermoser erwidert: »Moanst? Gell! Da hast aber falsch g'raten! Deswegen is der Handel no lang net aus! I woaß's ganz gwiß, daß sie, d' Bäuerin, naa gsagt hat. Und hat ihr doch nix gholfa. Gar nix. Bloß daß sie selber und die Altn ins Austraghäusl zogn san. Aber er und die Junga tean, was s' mögn.«
Das ist allerdings eine sehr interessante Neuigkeit, wenn man sie glauben darf.
Grad kommt die Schiermoserin selber in den Kramerladen und verlangt ein Päckchen Mandelkaffee und ein Pfund Zucker. Doch auch sie geht nicht aus sich heraus.

Auf alle noch so spitzfindigen Fragen hat sie bloß ein »Ja«, »Nein« oder: »Des werdn mir scho sehgn.«
Und auf die boshafte Frage der alten Schleiferin, ob sie eine rechte Freude habe über die Hochzeit ihres Buben, erwidert sie ebenso boshaft: »No, bal er mir a deinige Tochter daherbracht hätt, würd i kaam an Kreizsprung gemacht habn! Und im übrigen is dees mei Sach, ob i a Freud hab oder net!«
Damit hat sie auch schon ihren Zucker und ihren Mandelkaffee in die endsgroße Rocktasche gesteckt, den Regenschirm genommen und die Ladentür geöffnet.
Sie muß aber doch noch unter der Tür ihr Gewand hochschürzen, obgleich es weder Regen noch Schnee draußen hat.
Denn grad, als sie auf die Straße treten will, gehen Franz und Rosalie lachend und scherzend am Laden vorbei, begleitet vom Schiermoserbauern.
Erst als die drei beim Postwirt das neue, schöne Fuhrwerk einspannen und samt den Schiermosertöchtern darin Platz nehmen, macht sie sich auf den Heimweg.
Die Gemeinde aber hat dadurch aufs neue erwünschten Stoff zur Unterhaltung und Wasser auf ihre Teufelsmühlen erhalten.

Die Hochzeit und der goldene Tag des jungen Schiermoserehepaares sind vorüber.
Es war ein einfaches, stilles Heiraten, ohne Prunk und Lärm, ohne Gevatterschaft und Wirtshaus.
Aber es war trotz alledem ein schöner, heiterer Tag, und die Schiermoserin samt ihrer Mutter barsten schier vor Wut und Verdruß, da sie von ihrem Fenster aus zusehen mußten, wie sich der ganze Hof freute und vergnügte, wie die Knechte die Zither traktierten und die Paare lustig in der Stube herumwirbelten.

Der alte Großvater war trotz seiner Taubheit auch dabei und konnte danach die halbe Nacht nicht aufhören, die Schönheit dieser Hochzeit zu loben und zu preisen, so daß die Alte endlich ganz außer Rand und Band geriet, ihm alles, was auf ihrem Nachttischchen lag, an den Kopf warf und schrie: »Staad bist mir jetz guatwillig, Tropf, elendiger! I will nix wissen von dera Sippschaft!«

Worauf der gute Alte ganz verwundert den Kopf schüttelte, die Zudecke über das Gesicht zog und einschlief.

Rosalie ist also jetzt Schiermoserin – oder, wie das Dienstvolk sie nennt: Madam Bäurin.

Nicht etwa aus Spott oder sonst einem üblen Grund wird sie so genannt.

Nein.

Sie sah am Tag ihrer Hochzeit in dem schneeweißen Seidengewand und dem feinen Schleier so gut und vornehm aus, daß der Schiermoser mittendrin das Glas erhob und zu den Versammelten sagte: »Buam und Deandln, i sag enk dös: A schönerne Frau und a liaberne Bäuerin kriagt koaner mehr als insa Franzl. Drum sag i enk: Stößts mit mir o auf a glücklichs Lebn und auf an guatn Gsund von insana liabn Madam Bäurin! Sie soll lebn!«

Damit war das Wort geprägt, und wenn nun ein Knecht oder eine Magd etwas fragt oder berichtet, verlangt oder erbittet, so beginnt ein jedes seine Red' mit diesem Wort: »Madam, i tät fragn . . . Madam, i muaß sagn.«

Und seltsam, Rosalie und Franz empfinden diese Anrede weder unrecht noch verletzend.

Das Wort kommt aus gutem Gemüt und begegnet wieder gutem.

So geschiehts, daß sowohl der alte Schiermoser wie auch Franz selber dem Dienstvolk gegenüber nicht von der Schiermoserin oder von der Bäuerin reden, sondern nur von der Madam.

Daher kommts, daß auch drüben im Kirchdorf und drunten im Markt die Geschäftsfrauen und Handwerker diese Anrede gebrauchen.

Freilich, so harmlos und ohne Ränke, wie auf dem Schiermoserhof, ist es wohl kaum gemeint, wenn die Bäckerin in einem Ton, so süß wie ihre Zuckerbrezeln, sagt: »Recht guatn Tag, Madam Schiermoserin! Was geht ab, was darfs sein?«

Oder wenn die Postwirtin sich erst die feiste Hand an die Küchenschürze wischt, ehe sie diese Rosalie darreicht mit den Worten: »Jessas, d' Madam Schiermoser! A kloans bisserl, Madam! – Muaß grad no gschwindse meine Finger a weng abwischn, bevor i Eahna guatn Tag sag, Madam! Soo ... I hab halt die Ehr, Madam Schiermoser; i hab die Ehr ...«

Doch macht sich Rosalie nur wenig daraus.

Sie ist so zufrieden und glücklich als Bäuerin und als ihres Franzen Hausfrau, daß sie nur auf ihn hört und auf dessen Vater.

Freilich tut sie sich nicht allzu leicht in ihrem neuen Stand; sie, das Stadtmädl, weiß halt doch nicht so in allem bäuerischen Brauch und Tun Bescheid.

Da ihr aber die Schwägerinnen und das Dienstvolk getreu zur Seite stehen, arbeitet sie sich rasch ein und merkt gut auf bei allem, was ihr neu ist.

So leben die beiden jungen Leute glücklich in ihrem Heimatl, und mit ihnen freut sich jeden Abend auf den nächsten Tag ihr Vater, der Schiermoser.

Nur sie, die Schiermoserin, will nicht teilhaftig werden des Glückes ihres Sohnes.

Wie eine Nachteule verkriecht sie sich in ihrem Häusl, lebt einsam und trüb dahin und hofft auf ein baldiges Abscheiden gleich einer alten, müden Spitalerin.

Aber sie muß leben.

Ein untätiges, freudloses Leben; noch verdüstert von schwarzen Gedanken der Rachsucht und des schwergekränkten Bauernstolzes.

Und sie bohrt sich immer tiefer hinein in ihren Groll und Haß und schließt sich auch von der übrigen Welt ganz ab und geht zu guter Letzt nicht einmal mehr in die Kirche.

Die alte Großmutter liegt schon seit Wochen krank danieder.

Aber während sie früher selbst bei schweren Leiden das Bett haßte und sich so schnell als möglich wieder aufraffte, liegt sie jetzt still und ergeben und seufzt ein übers andere Mal: »Es is nix mehr auf der Welt, bal der Mensch alt und unnütz wird. Die Jungen ham koa Religion und koa Sittsamkeit nimmer, die kümmern sich um koan Brauch und um koa Ehr ... ah was ... dees Beste wär, man könnt d' Augn zuamacha und nimmer auftoa in alle Ewigkeit!«

Und da eines Tages ihren alten tauben Eheherrn der Schlag trifft und man ihn hinausträgt zum Hoftor, da bricht sie ganz und gar zusammen, und kaum einen Monat danach muß die Schiermoserin auch ihre Ewigkeitstruhe mit den Blumenstöcken des Austraghäusls schmücken und sie hinabgeleiten zum Gottesacker.

Da wird es ganz seltsam still und leer in ihr.

So still und leer wie in dem Häusl.

Und sie wird mürb und klein, verzagt und lebensmüde in dieser Einsamkeit.

Und ihr Morgengebet gleicht ihrer Abendandacht und klingt aus in die Bitte: »Herrgott im Himmel, erlöse mich von dem Übel meines Daseins. Amen.«

21

Ein Jahr ist um seit der Hochzeit des jungen Schiermoser und seiner Rosalie.

Und da es wieder um die Zeit ist, in der man für die Weihnacht das Kletzenbrot backt und die Krippe in der Hauskapelle aufstellt, da spannt der Schiermoser eines Morgens in großer Eil das Füchsl vor das Gäuwagerl und fährt wie der Teufel hinaus zum Tor und hinab nach Glonn zur Kindlfrau.

Denn Rosl, die Madam, will sich dazu richten, ihrem Franz ein kleines lebendiges Christkindlein in die altehrwürdige Bauernwiege zu legen.

Das ganze Haus ist in Aufregung; am meisten aber zieht's den jungen Bauern an den Nervensträngen.

Denn draußen im Stall liegt die Blaß im Kalben, und der Rappe tobt an einer schweren Kolik.

Und nun kommt Barbara, des Bauern Schwester, und schreit: »Schnell! Gschwind! Einspanna! D' Steckareiterin holn! Insa Madam richt' si!«

Der Schreck! Die Freude! Die Angst!

Hei, da schwirren die Befehle!

»Hans, kümmer dich ums Rappel! – Lies und Sepp, ös bleibts mir bei der Blaß! Der Bua und d' Nandl solln enk helfa, bal 's Kaibe kimmt! – Vata, geh, balst du glei zu der Kindlin fahrn tätst? Eppan kunnst glei a Flascherl Wein für d' Rosl mitnehma und an Met! – Bawettei, geh, kümmer dich um sie! – Und d' Mariedl kann in der Kuchel Wasser hitzen und 's Essen richten!«

Und während alles rennt und läuft, werkt und sorgt, zieht droben in der Kammer die junge Bäuerin die Vorhänge zu, schiebt die Wiege zu ihres Bettes Füßen und steckt ein winziges Hemdlein in die Ärmelchen eines gestrickten Jäckleins.

Barbara kniet vor dem alten Sesselofen und schürt ein schweres Holzscheit ums andere hinein und tröstet dazwischen mit lieben Worten die leise jammernde und betende Schwägerin. Eine, zwei Stunden gehen um.

Drunten im Hof und Stall rennen und laufen Knechte und Mägde, werkt der Tierarzt und brüllt das Vieh – in der Kuchel kocht das Wasser und dampft der Kindelbraten – und droben hält Franz seine liebe Bäuerin im Arm und schaut leichtlich hundertmal aus dem Fenster, ob der Vater noch nicht bald mit der Kindlin käm.

Drüben im Austraghäusl aber steht die Schiermoserin hinter dem Vorhang und starrt auf die Straße hinaus, wo sie ihren Schiermoser vorhin mit dem Fuhrwerk dahinstürmen sah. Was mag nur los sein drüben im Hof?

Ein seltsamer Druck legt sich ihr auf die Brust.

Sie will ihn abschütteln.

»Werd scho epps sei!« sucht sie sich selbst zu beruhigen. »Was geht's denn mi an! – I ghör nimmer zu dene.«

Aber da hört sie den Rappen schlagen, toben und wiehernd stöhnen. Sie sieht den Tierarzt kommen und gehen.

»Ah was! – Dees geht mi nixn o. – Werd scho was sein. Was kümmerts mi?«

In diesem Augenblick fährt der Schiermoser in den Hof; und neben ihm sitzt die alte Steckenreiterin, die schon ihren Franz und die Barbara und die Mariedl geholt hatte damals, als sie noch selber glückliche Schiermoserbäuerin war.

Also gibt unser Herrgott dieser Ehe doch seinen Segen?

Es kommt wieder ein kleines Reislein aus dem Schiermoserstamm? Die Alte greift sich an die Kehle.

Wie hart sie sich doch heute schnauft!

Sie öffnet das Fenster.

Aber da dringt das Schreien der Knechte und Mägde, das Brüllen der Kuh zu ihr in die Kammer.

Sie schlägt das Fenster wieder zu.

Doch sie hat keine Ruhe.

Wieder muß sie mehr Luft haben.

Sie wankt mit bebenden Knien hinaus vors Haus.

Da dringt der jammernde Schrei ihrer Schwiegertochter zu ihr.
Sie hält sich die Ohren zu.
Ihr Sohn, der Franz, stürmt die Stiege herab und hinunter in den Stall.
Aber gleich darauf rennt er schon wieder ins Haus, und man hört ihn befehlen: »'s Badwasser herrichten! Und warme Windln! – Habts an Trank für d' Blaß?«
Also wirklich kehrt der Segen Gottes ein in Haus und Stall ihres Hofs!
Und sie steht da unter ihrer Haustür, gleich einer Fremden, Ausgestoßenen! Ein hartes Weinen kommt sie an.
Aber sie würgt es hinab und bekämpft die weiche Regung ihres Gemüts.

Der Rappe liegt ermattet, aber gerettet auf seiner Strohschütte.
Und vorn bei den Kühen steht die Blaß und schaut besorgt nach ihrem Kälblein, das eigensinnig immer wieder aufzustehen versucht, obgleich es seine Vorderbeine noch nicht tragen.
Da schleicht sich eine Gestalt scheu in den Stall.
Die Schiermoserin.
Und sie geht langsam von Kuh zu Kuh, von Ochs zu Ochs, streichelt die Rösser und tätschelt die Kälber und geht endlich leise und zaghaft hinüber ins Wohnhaus.
Droben in der Kammer kämpfen Furcht und Hoffnung, Schmerz und Trost ihren harten Strauß.
Der Schiermoser und sein Sohn rennen planlos durchs Haus; da schleicht die alte Bäuerin zur Stiege hinauf.
Die beiden Männer durchfährt der nämliche Schreck.
Und sie stoßen beide zugleich die Frage hervor: »Was möcht'st?«
Franz aber ist mit zwei, drei Schritten bei ihr.

»Muatta! – Balst epps möcht'st – kimm morgn! – Sie kann di net braucha jetz! Sie soll koan Verdruß habn!«
In diesem Augenblick mischt sich droben ein feines kreischendes Stimmlein in das Weinen der jungen Schiermoserin. Und die Barbara ruft voller Freud durchs Haus: »An Buam ham mir!«
Da vergißt Franz auf die Mutter – und der Schiermoser auf sein Weib – und sie rennen hinauf und hinein in die Kammer, wo sie in ihrer derben, unbeholfenen Art sich Mühe geben, zart zu dem Kindlein zu sein und zu seiner Mutter – wo sie die Stimme zu einem heiseren Flüstern senken und mit dem Ärmel immer wieder über die Augen wischen, damit man nicht sehen möcht, was sie bewegt.
Drunten in der Kuchel aber hat die Schiermoserin ihrer Tochter den Kochlöffel aus der Hand genommen und sagt: »Geh auffe und schaug dir 's Büaberl o. I koch scho weiter.«
Und am Christtag, da die Taufe des jüngsten Schiermoserreisleins stattfindet, da sitzt sie in ihrem größten Festtagsstaat in der neuen Kutsche, trägt selber das Büblein auf dem Prunkkissen zum Taufkessel und zeigt der staunenden Gemeinde ihr freudestrahlendes Gesicht.
Und da das alte Jahr zur Neige geht und das neue sich zum Kommen schickt, da nimmt sie ihre Schwiegertochter bei der Hand und sagt: »Wenns dir recht is, Rosl, nachher mach i Kindsdirn. Und bals dir sonst dick eingeht mit der Arbeit, nachher sagst es.« Indem sie noch redet, kommt der alte Schiermoser dazu und ruft: »Jetz da schaug her! Jetz is richtig no aus dera Dreifaltigkeit a Dreieinigkeit wordn! Was a solches Christkindl doch alles zwegn bringt. Aber in Gottesnam! D' Hauptsach is, daß i wieder an Schlafkamerad hab und der Hof an Stammhalter, für dees ander werd nachher der Bua scho sorgn und sei Madam.«
Und die junge Schiermoserin sagt fröhlich: »Amen, Vater.«

Lena Christ im dtv

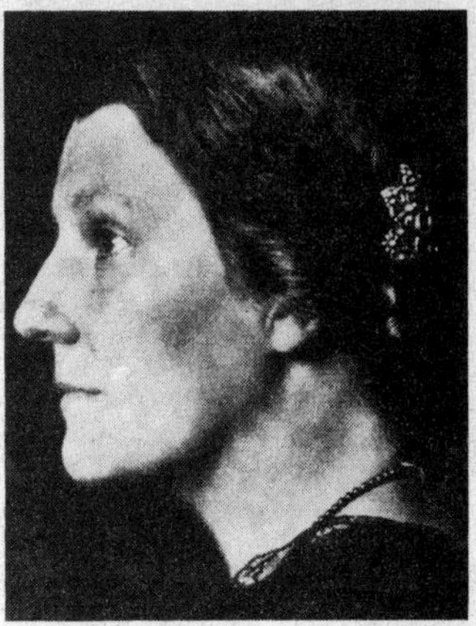

Erinnerungen einer Überflüssigen

Die Geschichte einer Jugend, in der die Idylle einer Kindheit bei den Großeltern auf dem Lande von langen qualvollen Jahren in der Gewalt einer lieblosen Mutter abgelöst wird. Es war Lena Christs erstes Buch, und sie trat damit als Dichterin der »kleinen Leute« an die Seite ihres großen Zeitgenossen Ludwig Thoma. dtv 10811

Die Rumplhanni

Die Rumplhanni, Dienstmagd auf dem Hauserhof, würde dort gar zu gern Jungbäuerin werden. Ihr Versuch, der Sache ein wenig nachzuhelfen, geht schief, und so verläßt Hanni das Dorf, um in München ihr Glück zu machen …
dtv 10904

Mathias Bichler

Mathias Bichler hat es als Findelkind nicht gerade leicht. Er erlebt so allerlei, gerät in lustige und weniger harmlose Situationen, bewahrt sich aber trotz aller Schicksalsschläge seine naiv-selige Weltfreude. Ein wundervoll lebensechter, bayerischer Abenteuerroman.
dtv 11035

Madam Bäurin

In der Sommerfrische auf einem bayerischen Bauernhof stellt die höhere Tochter Rosalie Scheuflein fest, daß ihr der Sohn des Bauern lieber ist als jeder noch so vermögende Stadtmensch. – Eine heiterbewegte Geschichte aus der Zeit der Jahrhundertwende.
dtv 11089

Oskar Maria Graf im dtv

Kalendergeschichten

Von hart schuftenden bayerischen Bauern, die sich in widrigen Zeiten mehr schlecht als recht und manchmal auch nicht ganz redlich durchs Leben schlagen. dtv 1384

Die Chronik von Flechting

Ein ungeschminktes Bild vom ländlichen Leben im vorigen Jahrhundert. dtv 1425

Unruhe um einen Friedfertigen

Eindringliches Panorama der Zeit vom Ersten Weltkrieg bis zu Hitlers Machtergreifung. dtv 1493

Die gezählten Jahre

Ein packender, zeitgeschichtlicher Roman, den Graf unter dem Eindruck eigener Erlebnisse 1934 im Exil schrieb. dtv 1545

Wir sind Gefangene
Ein Bekenntnis

Grafs Erlebnisse in den Jahren von 1905 bis zum Ausgang des Ersten Weltkriegs. dtv 1612

Der harte Handel
Ein bayerischer Bauernroman

Josef Lederer vom Amrainerhof ringt nach der Inflation in den dreißiger Jahren mit Härte und Verschlagenheit um den elterlichen Hof. dtv 1690

Anton Sittinger

Die Geschichte eines duckmäuserischen Kleinbürgers in der Zeit vor der Machtergreifung Hitlers. dtv 1758

Das Leben meiner Mutter

Aus der Lebensbeschreibung einer einfachen Frau aus dem Volke, Grafs Mutter, erwächst eine Chronik bäuerlich-dörflichen Daseins und der politischen Ereignisse der Zeit. dtv 10044

Die Flucht ins Mittelmäßige

Der Emigrant Martin Ling, der grüblerische und einsame Held dieses Romans, lebt seit zwanzig Jahren in New York, ohne »amerikanisch« zu werden. dtv 10159

Gelächter von außen
Aus meinem Leben 1918 - 1933

Kurz vor seinem Tode schrieb Oskar Maria Graf diese Lebenserinnerungen. dtv 10206

Größtenteils schimpflich
Erlebnisse aus meinen Schul- und Lehrlingsjahren.
dtv 10435

Herbert Rosendorfer im dtv

Foto: Isolde Ohlbaum

Das Zwergenschloß
und sieben andere Erzählungen

Das scheinbar Normale, das scheinbar Reale stößt in diesen Geschichten in Bereiche des Phantastischen vor. dtv 10310

Vorstadt-Miniaturen

Geschäfte, Cafés, Amtsstuben und kleinbürgerliche Wohnzimmer bilden die Kulissen für die hintergründig-grotesken Alltagsszenen, in denen Rosendorfers besonderer Humor in der Tradition Karl Valentins ganz unverblümt zum Ausdruck kommt. dtv 10354

Briefe in die chinesische Vergangenheit

Ein chinesischer Mandarin aus dem 10. Jahrhundert gelangt mittels einer Zeitmaschine in das heutige München und sieht sich dem völlig anderen Leben der »Ba Yan« und ihren kulturellen und technischen Errungenschaften gegenüber. dtv 10541

Stephanie
und das vorige Leben

Eine fesselnde Geschichte auf dem schmalen Grat zwischen Traum und Wirklichkeit: Wanderer zwischen den Welten ist Stephanie, eine ganz »normale« junge Frau, die sich eines Tages mit einem »vorigen« Leben konfrontiert sieht. dtv 10895

Königlich bayerisches Sportbrevier

Rosendorfer beschreibt alle bayerischen Sportarten wie Fensterln, Maibaumkraxeln, Fingerhakeln und Maßkrugstemmen, die bei den Olympischen Spielen (noch) fehlen. dtv 10954

Die Frau seines Lebens
und andere Geschichten

»Rosendorfers scharfem Blick entgeht keine Nuance bei der Betrachtung eigenwilliger Charaktere in diesen sechzehn Geschichten, und genüßlich spießt er auf, was ihm an Absonderlichkeiten auffällt.« (Mannheimer Morgen) dtv 10987

Ball bei Thod · Erzählungen

Der makabren Titelgeschichte folgen noch 37 weitere sowie ein besinnliches Nachwort, das der Autor seiner Mutter gewidmet hat. dtv 11077

Barbara Frischmuth im dtv

Bindungen

Das sorgfältig ausbalancierte Gleichgewicht von Malwines »glücklicher Familie« gerät durch den Besuch ihrer Schwester in Gefahr. dtv 10142

Die Ferienfamilie

Auf den ersten Blick sind die Verhältnisse im Ferienhaus ein wenig kompliziert . . . dtv 10273

Die Frau im Mond

Drei Frauen erfinden ein neues Leben – denkend, zeichnend, spielend. Ein geistreiches Spiel mit Entwürfen für eine bessere Welt. dtv 10384

Die Mystifikationen der Sophie Silber

Die Begegnung mit zaubernden Märchenwesen führt die junge Frau in eine Krise . . . dtv 10489

Amy oder Die Metamorphose

Eines Morgens spürt Amy Stern in sich eine Verwandlung, aber sie ahnt noch kaum, daß sie einmal eine Fee gewesen ist . . . dtv 10490

Kai und die Liebe zu den Modellen

Angespornt durch das lebhafte, eigenwillige, Zuwendung fordernde Wesen ihres kleinen Sohnes Kai sucht Amy nach neuen Lebensmodellen. dtv 10491

Foto: Isolde Ohlbaum

Sternwieser Trilogie
Kassettenausgabe der Bände 10489, 10490, 10491
dtv 5932

Traumgrenze · Erzählungen
dtv 10553

Das Verschwinden des Schattens in der Sonne

Eine Studentin entdeckt das verwirrende, faszinierende Leben der Türkei im Aufbruch. dtv 10932

Kopftänzer

Eine arbeitslos gewordene Journalistin trifft auf einen frischgebackenen Abiturienten . . . dtv 11032

Rückkehr zum vorläufigen Ausgangspunkt/
Haschen nach Wind
Erzählungen
dtv neue reihe 6339

Gabriele Wohmann

»... die glückliche Verbindung von kühler Sachlichkeit und Herzlichkeit, von betonter Skepsis und spröder Zärtlichkeit ...«
Marcel Reich-Ranicki

dtv 1164

dtv 1621

dtv 10100

dtv 10275

dtv

Erich Kästner im dtv

Foto: Süddeutscher Verlag

Doktor Erich Kästners
Lyrische Hausapotheke
dtv 11001

Bei Durchsicht meiner Bücher
Gedichte
dtv 11002

Herz auf Taille · Gedichte
dtv 11003

Lärm im Spiegel · Gedichte
dtv 11004

Ein Mann gibt Auskunft
»Linke Melancholie« nannte Walter Benjamin diese Verse.
dtv 11005

Fabian
Die Geschichte eines Moralisten
Berlin 1930. Ein arbeitsloser Reklamefachmann erlebt den Niedergang der Republik.
dtv 11006

Gesang zwischen den Stühlen
Gedichte
dtv 11007

Drei Männer im Schnee
Ein vergnügliches »Märchen für Erwachsene«, das durch seine Verfilmung weltberühmt wurde.
dtv 11008

Die verschwundene Miniatur
Die nicht ganz ernstgemeinte Kriminalgeschichte um einen Schlachtermeister im Urlaub.
dtv 11009

Der kleine Grenzverkehr
Die Salzburger Festspiele lieferten den Stoff für diese heitere Liebesgeschichte.
dtv 11010

Der tägliche Kram
Chansons und Prosa 1945–1948
dtv 11011

Die kleine Freiheit
Chansons und Prosa 1949–1952
dtv 11012

Kurz und bündig · Epigramme
dtv 11013

Die 13 Monate · Gedichte
dtv 11014

Notabene 45
Tagebuchnotizen aus dem letzten Kriegsjahr.
dtv 11016 (September 1989)